सूदखोर की मौत

राहुल सांकृत्यायन

प्रभाकर प्रकाशन

HB ISBN: 978-93-56827-50-9
ISBN: 978-93-56829-04-6
eISBN: 978-93-56829-09-1

© प्रकाशकाधीन

प्रकाशक: प्रभाकर प्रकाशन
प्लॉट नं.-55, मेन मदर डेयरी रोड
पांडव नगर, ईस्ट दिल्ली-110092
फोन: 011-40395855
व्हाट्स ऐप: +91 9319228272
ई-मेल: sales@pharosbooks.in
वेबसाइट: www.prabhakarprakashan.com

प्रथम संस्करण: 2024

मुद्रक: सुषमा बुक बाइंडिंग हाउस ओखला इंडस्ट्रियल एरिया फेस-II, नई दिल्ली-110020

सूदखोर की मौत
राहुल सांकृत्यायन

भूमिका

"सूदखोर की मौत" (ताजिक भाषा में "मर्गि-सूदखूर") ताजिक भाषा के प्रथम और सर्वश्रेष्ठ उपन्यासकार सदरुद्दीन ऐनी का एक लघु उपन्यास है। इससे पहिले ऐनी के "दाखुन्दा", "जो दास थे" (गुलामान), "अनाथ" (यतीम) और "अदीना" के अनुवाद हिन्दी में मैं कर चुका हूँ जिससे पाठकों को ऐनी की शक्तिशाली लेखनी का पता लग चुका है। "मर्गि-सूदखूर" के साथ लेखक ने कोई प्राक्कथन या भूमिका नहीं लिखी है, इसलिए उसके बारे में विशेष कोई बात मालूम नहीं है। लेकिन पुस्तक के भीतर जहाँ-तहाँ कुछ बातें ऐसी आई है जिनसे पता लगता है, कारी इश्कम्बा केवल कल्पित पात्र नहीं है। वह वस्तुतः एक बड़ा ही सूमड़ा सूदखोर था। यह बिलकुल संभव है कि कारी इश्कम्बा की जीवनी के आस-पास लेखक ने अपनी कल्पना से भी कितनी ही चीजें पैदा करके बुखारा के सूमड़ों और सूदखोरों का एक पूरा चित्र खींचने की कोशिश की है। ऐनी ने अपनी जीवनी तीन भागों में लिखी है, उसके मिलने पर ऐनी की कृतियों पर अधिक प्रकाश पड़ेगा।

मैं रूस से अपने साथ ताजिक भाषा में ऐनी की जितनी पुस्तकें लाया था, उनमें यह अन्तिम पुस्तक है। यद्यपि इसका यह अर्थ नहीं है कि ऐनी की कृतियाँ इतने से ही समाप्त हो जाती है। ऐनी अब भी जीवित है। ताजकिस्तान के प्रसिद्ध लेखक मिर्जा तुर्शुनज़ादे ने हाल में ऐनी के बारे में लिखा है:

सोवियत ताजिक साहित्य के संस्थापक सदरुद्दीन ऐनी की कृतियों को ताजिक जनता बहुत प्रिय मानती है। हमारे गणराज्य (ताजकिस्तान) की सीमा से बाहर भी लोग उन्हें मानते हैं। उनके ग्रंथ कई भाषाओं में अनुवादित हुए हैं और करोड़ों की संख्या में छपे हैं। वह इसीलिए बहुत लोकप्रिय है, क्योंकि वह लोगों के वास्तविक जीवन को चित्रित करते हैं, साधारण जनता के अतिसुन्दर स्वरुप को प्रकट करते हैं तथा जो कुछ अशिव और क्रूर है, उसको उपहासास्पद बनाते हैं। ऐनी को ताजिक

जनता के जीवन के तैभिन्न-भिन्न अंगों का अद्भुत ज्ञान है जिसके बल पर वह ऐसे अविस्मरणीय बहुसंख्यक पात्रों को पैदा करते हैं जो कि हमारी भाषा में भिन्न-भिन्न रूपों के प्रतिनिधि बन गये हैं।

ऐनी अभी-अभी तिहत्तर वर्ष के हुए हैं। उन्हें स्वयं अत्यन्त कठोर, किन्तु दिलचस्प जीवन से गुजरना पड़ा। उनकी तरुणाई और पहिले लेखों का समय बुखारा के अमीर के शासन-काल में बीता, फिर क्रान्ति के वर्ष आये और ताजिकों के लिए नये जीवन का आरम्भ हो एक स्वतंत्र समाजवादी राज्य के निर्माण का समय आया। आज ऐनी की सुखमय वृद्धावस्था में ताजिकिस्तान की सारी अर्थनीति और संस्कृति अभूतपूर्व विकास की ओर बढ़ी है। ऐनी ने अक्टूबर समाजवादी क्रान्ति का स्वागत बड़ी जोशीली, आग उगलने वाली कविताओं द्वारा किया, क्योंकि उसने उनके जैसे एक गरीब किसान के पुत्र तथा सभी ताजिक जनता को उत्पीड़न और दासता के बंधन से मुक्त कर दिया। तरुण ताजिक गणराज्य की स्थापना के बाद पहिले-पहिल ऐनी ने स्कूल में पढ़ाया, अखबारों में लिखा, कविता रची, उपन्यास और निबंध लिखे और नये जीवन के निर्माण में क्रियात्मक भाग लिया।

ताजिक जनता ने अपने प्रिय लेखक को दो बार देपुती (पार्लियामेन्ट मेम्बर) चुना : पहिले ताजिक गणराज्य की महासोवियत का सदस्य और फिर सारे सोवियत संघ की महासोवियत का सदस्य।

विश्वकोश–ऐनी की एक महान् पण्डित के तौर पर भी बड़ी ख्याति है। उन्होंने ताजिक साहित्यिक भाषा को बहुत समृद्ध किया है। विज्ञान के क्षेत्र में उनकी सफलताओं को स्वीकार करते हुए लेनिनग्राद युनिवर्सिटी ने उन्हें भाषातत्व-डॉक्टर की उपाधि से भूषित किया। उज्जेब विज्ञान-अकादमी ने उन्हें अपना आनरेरी मेम्बर बनाया। ताजिक सरकार ने उन्हें "सम्मानित विज्ञानकर्मी" की उपाधि दी। जब 1951 में ताजिकिस्तान की साइंस अकादमी का उद्घाटन हुआ तो सदरुद्दीन ऐनी उसके प्रथम प्रधान चुने गये।

महत्त्वपूर्ण घटनाओं से भरे अपने जीवन के कारण सदरुद्दीन ऐनी ने अपनी कृतियों द्वारा 19वीं सदी के अन्त और 20वीं सदी के पूर्वार्द्ध में ताजिक जीवन का एक अद्भुत "विश्वकोश" तैयार किया है। लेकिन अपनी कृतियों में ऐनी अपने को वैयक्तिक

परिचयों तक ही सीमित नहीं रखते। उनकी लेखनी उन घटनाओं को भी ला रखती है जो कि ताजिक जनता के इतिहास में बहुत पुराने काल में घटी थीं। उन्होंने लिखित ताजिक साहित्य के संस्थापक कवि रुदकी, फिरदौसी, कमाल और दूसरे (अमर) लेखकों की कृतियों पर अनुसंधान किया है जिसके द्वारा एक हजार वर्ष पहिले की ऐतिहासिक घटनाओं पर प्रकाश पड़ता है। ताजिकों को दास बनाने वाले अरबों के विरुद्ध संघर्ष का नेतृत्व करने वाले मुकन्ना की कथा ऐनी ने लिखी है जो कि आठवीं सदी में हुआ था। उनकी तैमूर मलिक वाली कहानी चिंगीज खान के ओर्दू के खिलाफ ताजिकों के स्वतंत्रता संघर्ष का वर्णन करती है। उनके उपन्यास "जो दास थे" में हाल में समाप्त पिछले सौ वर्ष की घटनाओं को लिया गया है।

"अदीना" में ऐनी ने क्रान्तिकारी ताजिकिस्तान की एक भावपूर्ण कहानी तथा एक पहाड़ी लड़के के गरीबी से मजबूर होकर अपनी भूमि छोड़ काम की खोज में भटकने के जीवन का वर्णन किया है। ताजिक जनकथाओं में ऐसी बहुत-सी जनकथाएँ और जनगीतें हैं जिनमें गरीब घुमक्कड़ खेत-मजदूर या कुली के काम के लिए घर से दूर जाकर अपने को बेचता है।

"दाखुन्दा" ताजिक भाषा का प्रथम वस्तुवादी उपन्यास है। इसमें बुखारा के अमीर के शासन में ऐनी अपने नायक यादगार और गुलनार के कठिन जीवन को दिखलाता है और उस स्वतंत्रता को भी बतलाता है जिसे कि क्रान्ति के बाद उन्होंने प्राप्त किया तथा अपने आनन्द के लिए स्वयं युद्ध में सक्रिय भाग लिया।

अपनी कृतियों में ऐनी बुखारा के अमीरों का विशेष तौर से सविस्तृत वर्णन करते हैं। यह वही क्षेत्र है जहाँ कि "बुखारा के कसाई" की क्रूरतापूर्ण कहानी शुरू होती है, वही "पुरानी पाठशाला" (मक्तबि-कुहना) का कार्यक्षेत्र है जिसमें कि कितने ही योग्य तरुणों का बचपन खराब किया जाता था। वहीं पर कारी इश्कम्बा ("सूदखोर की मौत") एक दुष्ट सूदखोर और जनता के भारी शत्रु के जीवन का अवसान होता है।

लेकिन ऐनी की प्रधान कृति तीन जिल्दों में उनका "संस्मरण" है जिसमें वह कान्ति के पूर्व के ताजिक जनजीवन का विस्तृत चित्र उपस्थित करते हैं।

ऐनी की कृतियों द्वारा ताजिक स्कूलों और कालेजों के छात्र बुद्धिवादी शिक्षित मजूर और सामूहिक किसान अपने बाप-दादों की उत्पीड़नपूर्ण भयंकर दुनिया से

परिचित हुए हैं। ऐनी उस समय के बारे में जो कुछ भी अपनी कृतियों में लिखते हैं, वह चिर अतीत-काल से संबंध रखता है जिसका सोवियत ताजिकिस्तान में अब कहीं पता नहीं है।

सम्मान–ऐतिहासिक विषयों में श्रेष्ठ लेखक सदरुद्दीन ऐनी ने अपने लोगों के इतिहास को उपन्यासों और कहानियों के रूप में उपस्थित किया है। यही कारण है जो कि जनसाधारण में उनकी कृतियाँ इतनी प्रिय है। स्तालिन-पुरस्कार प्रदान कर राष्ट्र ने जनता के सम्मान को उनके प्रति प्रकट किया। ऐनी सोवियत ताजिक साहित्य के संस्थापक कहे जाते हैं। इसका कारण यह नहीं कि उन्होंने क्रान्ति के बाद वाले काल में अत्यन्त महत्त्वपूर्ण ग्रन्थ लिखे, बल्कि इसका कारण यह है कि सोवियत ताजिक साहित्य उनकी कृतियों के प्रभाव तथा स्वयं उनके सहयोग द्वारा विकसित हो रहा है। उनकी कृतियों ने मजूर कवि मोहमेजान रहीमी और बहुत से दूसरे ताजिक कवियों को प्रभावित किया है। उनकी कविता ने बहुतों की सहायता की है जिनमें मैं भी हूँ। उनकी कृतियों ने अपनी जनता के जीवन में कवि के स्थान को ठीक तरह से समझने में सहायता की।

ऐनी का बहुत-सा समय ताजिक साहित्यकारों की शिक्षा में लगता है, लेकिन साथ ही वह बराबर गोर्की और दूसरे उद्बुद्ध रूसी लेखकों से सीखते रहने से बाज नहीं आते। ऐनी से पहिले ताजिकों के पास बड़ा समृद्ध प्राचीन काव्य (फारसी भाषा में) मौजूद था, लेकिन अब तक हमारे पास वस्तुवादी गद्य उपन्यास के रूप में नहीं था। इसलिए यह स्वाभाविक ही है कि ऐनी के ग्रन्थ आधुनिक ताजिक गद्य के विकास में जबर्दस्त प्रभाव डालें। ऐनी ने अपनी कृतियों द्वारा बहुत ही सुन्दर नमूने ही नहीं उपस्थित किये, बल्कि उन्होंने बहुत से ताजिक गद्य-सुलेखकों का निर्माण किया।

"अगर हम ऐनी के शिष्यों के उपन्यासों के विषय पर विचार करें, तो यह स्पष्ट हो जाता है कि वह अपने गुरु की परम्परा का अनुसरण कर रहे हैं और ताजिक जनता के इतिहास को उपन्यास और कथा के रूप में निर्माण करने का जो काम ऐनी ने शुरू किया, उसे आगे बढ़ा रहे हैं। पिछले तीस वर्षों में ताजिक जीवन में भारी परिवर्तन हुए हैं। प्रतिदिन उसने अपनी विभिन्नता और महत्त्व से समृद्ध यशस्वी कार्य पूरे किये हैं जिनकी छाया सोवियत ताजिक साहित्य में मिलती है। उदाहरणार्थ, रहीम जलील ने

अपने उपन्यास 'फुलाद और गुलरु' में बस्माचियों के खिलाफ ताजिकों के संघर्ष को दिखलाया है। बस्माची बुखारा के पुराने शासक वर्ग के अवशेष थे जिन्होंने विदेशी शत्रुओं की सहायता से तरुण ताजिक प्रजातंत्र की प्रगति को रोकने के लिए भारी कोशिश की थी। सातिम उलुगजादे ने भी उन्हीं घटनाओं को लेकर अपने नाटक "लाल पक्षपाती" को लिखा।

"फुलाद और गुलरु" उपन्यास में सोवियत सरकार के खेतिहर किसानों को जमीन देने के पहिले कदम और सामूहिक खेती के प्रथम संगठन का वर्णन किया गया है। यह विषय जलाल इकरामी के उपन्यास "शादी" में आया है। इसके पहिले भाग में लेखक ने प्रथम ताजिक सामूहिक खेतियों का वर्णन किया है और दूसरे भाग में सामूहिक श्रम के फल को दिखलाते हुए सामूहिक खेतियों की उन्नति, उसके सदस्यों की आय में वृद्धि, ताजिक गाँवों के सुधार और आधुनिकीकरण का वर्णन किया है।

सातिम उलुगजादे के नये उपन्यास 'पुनरुज्जीवित भूमि' में आजकल की ताजिक सामूहिक खेतियों का वर्णन है। (उलूगजादे) वक्ष-उपत्यका के विकास का वर्णन करता है जिसे कि पहाड़ी जिलों के कम खेतवाले किसानों ने बसकर विकसित किया। सातिम उलुगजादे ने अपने उपन्यास में इस बात का बड़ा सुन्दर वर्णन किया है कि कैसे सरकार की सहायता से सामूहिक खेतिहरों ने जलहीन मरुभूमि को एक हरे-भरे समृद्ध भू-भाग में परिणत कर दिया।

ताजिक खनकों, बुद्धजीवियों और कमकरों, कलाकारों के जीवन के सम्बंध में नई किताबें जल्द ही निकलने वाली हैं। अपने बुढ़ापे में तरुण लेखकों को भारी सहायता देते हुए भी सदरुद्दीन ऐनी नई पुस्तकों पर अनथक परिश्रम कर रहे हैं। उन्होंने क्रान्ति के पहले के उत्पीड़न और दरिद्रता के जगत् को अपनी आँखों से देखा था, इसलिए ताजिक जनता की उन्नति–जो आज खूब फूल-फल रही है–का बहुत अधिक अनुभव करते हैं।"

ऐनी के देशभाई तथा एक प्रसिद्ध तुर्शुनजादे की इन पंक्तियों से ऐनी की कृतियों का महत्त्व मालूम हो सकता है। तुर्शुनजादे ने ऐनी के बारे में यह लेख इसी साल (1951 में) लिखा है। मेरे लिए और भारतीय पाठकों के लिए भी ऐनी का सबसे बड़ा महत्त्व है–(1) वह मध्य एशिया के उस शोषित जीवन का यथार्थ चित्रण करते हैं जो कि

क्रांति के बाद समाप्त हो गया, लेकिन हमारे यहाँ अंग्रेजों के भाग जाने के बाद आज भी वैसा ही बेरोक-टोक चल रहा है ; (2) किस प्रकार वहाँ के समाज के आर्थिक, धार्मिक और सामूहिक जीवन में आमूल परिवर्तन हुआ, इसका पता हमें ऐनी के ग्रन्थों से मिलता है ; (3) उनके चित्रित समाज की बहुत-सी प्रथायें, लोकोक्तियाँ तथा कमजोरियाँ हमारे समाज में भी मौजूद है, इसलिए उनकी कृतियों को पढ़ते समय हम यह नहीं समझते कि ये बातें भारत-भूमि से बाहर की है–ताजिकिस्तान हमारे कश्मीर से लगा हुआ है ; (4) ताजिक भाषा वही फारसी भाषा है जिससे अब भी हमारे यहाँ के लाखों आदमी परिचित हैं और हमारी हिन्दी के निर्माण में भी उसका हाथ है, क्योंकि आदिम मुसलमान शासक और लेखक उसी भूमि से आये थे जहाँ की भाषा ताजिक थी। यद्यपि उनमें से अधिक तुर्क थे, लेकिन दिल्ली के तुर्क शासकों की ताजिक भाषा मातृभाषा के समान थी। हमारी भाषा पर जो प्रभाव पड़ा है, उसके देखने से मालूम होता है कि वह ईरानी-फारसी का नहीं, बल्कि ताजिक-फारसी का है।

यदि आधुनिक ताजिकिस्तान के सर्वतोमुखी जीवन के सभी अंगों के संबंध में एक विस्तृत प्रदर्शनी हमारे देश में की जाय, तो हम उससे बहुत लाभ उठा सकते हैं, क्योंकि हमारे देश के सामने भी वही समस्याएँ विकराल रूप में आज खड़ी हैं।

हैपी वैली   राहुल सांकृत्यायन
मसूरी, 17-11-52

सूदखोर की मौत

1895 ई० में मैं बुखारा के मदरसों में ठहरने के लिये कोठरी ढूँढ़ रहा था। बहुत दौड़-धूप की, किन्तु जल्दी कोई कोठरी हाथ नहीं आई। मेरे एक दोस्त ने सलाह देते हुए कहा :

–कारी इश्कम्बा नाम का एक आदमी है जिसके पास कुछ जरखरीद (धनक्रीत) कोठरियाँ हैं। अगर उससे पूछो, तो शायद वह अपनी कोठरियों से तुम्हें कोई मुफ्त ही दे दे।

वह आदमी कोठरी देगा या नहीं देगा, इस तरह की सलाह से ज्यादा मेरा ध्यान उस आदमी के नाम की ओर खिंचा–"कारी इश्कम्बा?"

सचमुच यह नाम बड़ा विचित्र था। मैं जानता था कि जुगाली करने के लिए ढोर जिस थैले में पहिले खाई हुई अपनी खुराक रखते हैं, उसका नाम इश्कम्बा है। क्या वजह है जो इस आदमी का नाम इश्कम्बा पड़ गया ?

मैंने अपने इस आश्चर्य का अपने दोस्त के सामने प्रकट करके उससे कारण जानना चाहा। मेरे दोस्त ने जवाब दिया:

–उस आदमी का असली नाम कारी (कुरान-पाठी) इस्मत है, लेकिन कोई-कोई उसे कारी इस्मति-इश्कम और कोई-कोई उसे "कारी इस्मत इश्कम्बा" और कुछ

लोग उसे भी छोटा करके "कारी इश्कम्बा" कहने लगे हैं। इसका क्या कारण है, यह मैं नहीं जानता, लेकिन आश्चर्य नहीं यदि उस आदमी का पेट बड़ा होने के कारण यह नाम पड़ा हो।

–जिस आदमी को लोगों ने इश्कम्बा उपाधि के योग्य समझा, ऐसे आदमी से भलाई की आशा नहीं हो सकती। ऐसा होते भी क्या हर्ज है? आप उसका सही परिचय दे दें। मैं एक कोठरी के लिए पूछकर देखूँगा, "पानी नहीं, तो लालमी ही सहीं"। अगर देगा तो वाह-वाह और अगर न भी देगा तो मेरा नुकसान क्या? इतना फायदा तो होगा ही कि इश्कम्बा कैसा आदमी है, यह तो देख लूँगा।

–मेरा भी उस आदमी से परिचय नहीं है कि तुम्हे परिचय कराऊँ–मेरे दोस्त ने कहा–लेकिन यह कर सकता हूँ कि जिस आदमी से तुम्हें उसका पता मिले, उसे बतला दूँ। इसके बाद तुम खुद ही रास्ता ढूँढ़ लेना। उसके साथ परिचय करके कोठरी के बारे में पूछ लेना।

मैं राजी हो गया।

2

एक दिन मैं अपने उस दोस्त के साथ बुखारा के हौजी दीवानबेगी (तालाब या कुंड) के किनारे टहल रहा था। मेरे दोस्त ने उसी वक्त हजाम की दूकान में जाते हुए एक आदमी की ओर इशारा करके कहा–कारी इश्कम्बा यही आदमी है।

मैं उस आदमी की केवल पीठ देख रहा था, उसके चेहरे पर मेरी नजर नहीं पड़ रही थी।

–यह बात है, तो यहीं जरा ठहरें। अगर सामने आया, तो इस आदमी से परिचय करके कोठरी के बारे में पूछूँगा–कहकर मैं अपने दोस्त से अलग हुआ।

मैं हजाम की दुकान के पास गया जिसके भीतर कारी इश्कम्बा गया हुआ था। फिर चटाई के ऊपर बैठ मैंने उसकी आँख से आँख न मिलाते उधर नजर गड़ाई।

वह एक मझोले कद का मोटा, छोटी गरदन का आदमी था। उसके सिर और मुँह की स्थूलता ऐसी थी जो कि उसके पेट की मोटाई से समतल करती थी। अगर उसकी लम्बी दाढ़ी को हटा दें, बढ़े हुए बालों को काटकर अलग कर दें और उसके शरीर से पोशाक को भी उतार कर रख दें, तो उसका सिर और शरीर पेट से मिलकर एक जैसा मालूम होता। फरक इतना ही था कि उसके पेट का आकार अधिक बड़ा और रंग अधिक लाल दिखाई पड़ता। खूब मोटे तगड़े सूअर के रोयें को दो तरफ करके रखने पर वह जैसा दिखलाई पड़ता है, वैसा ही उसका पेट था।

इस तरह के दृश्य को देखकर मेरे दिल में आया कि शायद लोगों ने जो इसका नाम इश्कम्बा रखा है, वह बड़े पेट के कारण नहीं है, बल्कि पेट से सिर तक समतल होने के कारण यह उपाधि इसे दी है। इसमें शक नहीं कि इस आदमी का पेट दूसरे आदमियों के पेटों से बहुत बड़ा था, लेकिन उसके शरीर के दूसरे भागों की, यहाँ तक कि गर्दन और चेहरे की मोटाई भी बड़े पेट के साथ समानता रखती थी।

कारी इश्कम्बा के बाल काटने की बारी आयी। हजाम अस्तुरे को पत्थर पर तेज करते हुए बोला—कुर्सी के ऊपर मेहरबानी कीजिये।

कारी इश्कम्बा का शरीर बहुत भारी था। दूसरी बीमारी उसे यह थी कि अपनी जगह से उठने में उसे बड़ी मेहनत पड़ती थी। उसके चेहरे की सुर्खी ने बतला दिया कि सिवाय मोटा-तगड़ा होने के उसे और कोई बीमारी नहीं है। वह खड़ा हो झुककर अपने सिर से पगड़ी को उतार हजाम के कपड़े टँगी खूँटी पर रखना चाहा। लेकिन हजाम ने ऐसा करने का मौका नहीं दिया और बड़ी फुर्ती से अस्तुरा और पथरी को शीशे के पास रखकर पगड़ी को दोनों हाथों में ले कारी इश्कम्बा से—आपकी पगड़ी करीब एक पसेरी की है, अगर यहाँ रखी गई, तो खूँटी को तोड़ देगी और मेरे कपड़े जमीन पर पड़कर गन्दे हो जायेगे कहते हुए उसे चौकी के ऊपर रख दिया।

—अच्छा हुआ कि अपने कपड़ों के लिए मुझे सावधान कर दिया—कारी इश्कम्बा ने कहा—नहीं तो मेरी पगड़ी भी जमीन में गिरकर मिट्टी में सन जाती और दुअन्नी (5 मिश्काल) उसके धोने में साबुन पर लगती।

—मिट्टी लगने से आपकी पगड़ी को कोई नुकसान नहीं होता—हजाम ने कारी इश्कम्बा से कहा—लेकिन, धोनेवाले ने भी ऐसे कपड़े को कभी नहीं देखा होगा जो कि मिट्टी से भी ज्यादा गन्दा है।

सचमुच कसकर बाँधे पगड़ी के पेच को देखने से मालूम होता था कि न जाने कितने समय से अपने गन्दे हाथों को पोंछते हुए उसने उसको तेल में भिगोकर बहुत गन्दा कर दिया है।

मैंने सोचा : हजाम अच्छी तरह जानता है कि एक पगड़ी चाहे कितनी ही बड़ी हो, लेकिन वह खूँटी को नहीं तोड़ सकती। शायद उसने कारी को खूंटी पर पगड़ी रखने का मौका इसलिए नहीं दिया कि उसके लगने से उसके वहाँ रखे अपने कपड़े गन्दे हो जाते।

यह ठीक है, कारी इश्कम्बा की पगड़ी बहुत बड़ी थी। मुल्ला लोगों के बड़े-बड़े पग्गड़ से भी वह दूनी थी। इतना होने पर भी इतनी भारी नहीं थी कि खूँटी को तोड़ देती।

हजाम के जवाब में कारी ने कहा–इतनी बड़ी पगड़ी को सिर से एक हफ्ता अलग कर धोने को देना संभव नहीं है। साथ ही साबुन भी इतना कहाँ से मिलता?

–तो पगड़ी को कुछ छोटी क्यों नहीं कर देते, जिसमें कपड़ा भी कम खर्च होता, धोने के लिए साबुन भी कम खर्च होता?–हजाम ने पूछा।

कारी ने जवाब दिया–मेरी यह पगड़ी श्राध की पगड़ी है। जब इस पगड़ी के साथ मैं मुर्दा दफन करने के समय उपस्थित होता हूँ, तो दूसरे आदमी को जहाँ एक हाथ कपड़ा मिलता, वहाँ मुझे दो हाथ देते हैं।

हजाम अपने मुँह को बात में लगाये हुए अस्तुरे को एक बार पत्थर पर रगड़कर तेज करके कारी इश्कम्बा की गर्दन में चादर लपेटते हुए बोला–

–जिस आदमी को अपना परिचय नहीं है, वह जनाजा के लिए आपके पास खबर नहीं भेजेगा और जो आपको पहिचानता है और जनाजे की खबर भी दे चुका है, उसके लिए चाहे आपकी पगड़ी बड़ी हो चाहे छोटी, वह जितना मुनासिब समझता है, उतना दान देगा ही। इस काम के लिए पगड़ी बढ़ाकर बेकार कपड़ा बरबाद करने से क्या फायदा?

कारी ने कहा–तुम भोले हो। अगर मैं जनाजा के समय जो कपड़ा मिलता, उसी पर संतोष करता, तो सिर के बाल काटने के लिए पैसा कहाँ से पाता? मैं हर रोज सबेरे के नमाज के वक्त दीवानबेगी-खानकाह (मठ) के आँगन में हाजिर रहता हूँ। जो कोई भी अपने मुर्दे को वहाँ जनाजे की नमाज पढ़ने के लिए लाये रहता है, चाहे

वह जान पहिचान का हो या न हो, जनाजा के लिए दुआ पढ़कर मैं उसके पीछे-पीछे कबरिस्तान चला जाता हूँ और भाग्य में जितना लिखा रहता है, उतना कपड़ा दान में पाकर लौट आता हूँ। अगर अपरिचित आदमी का मुर्दा होता है, तो लोग बाहरी बातों को ही देखते हैं, मेरी बड़ी पगड़ी देखकर मुझे कपड़े का बड़ा टुकड़ा देते हैं।

–आप अपने बाल के लिए कौन-सा बहुत पैसा खर्च करते हैं? फिर उसकी चिन्ता में क्यों इतने पड़े हुए हैं–कहते हुए हजाम ने एक चुल्लू पानी लेकर सिर को भिगोते हुए कहा–सब आदमी हफ्ते में एक बार हजामत बनवाते हैं और आप दो महीने के बाद एक बार और मेरी हजामत की मजूरी भी दूसरों की अपेक्षा आधी ही देते हैं।

कारी इश्कम्बा ने थोड़ा-सा गरम हो अपने सिर को हजाम के हाथ से निकाल कर अपनी आँखों को उसकी आँखों में गड़ाकर कहा :

–मैं चाहे हफ्ते में एक बार हजामत बनवाऊँ या दो महीने में, यह मेरा काम है, इसमें तुम्हें दखल देने का कोई अधिकार नहीं। मेरे सिर का बाल चाहे लम्बा हो चाहे छोटा, तुम्हें हजामत बनाने के लिए एक बार अस्तुरा घुमाना पड़ता है, लम्बे बालों के लिये दो बार अस्तुरा घुमाने की जरूरत नहीं पड़ती कि तुम्हें ज्यादा मेहनत करनी पड़ती हो। अगर मैं दूसरों की अपेक्षा आधी मजदूरी देता हूँ, तो इसके लिए भी शिकायत करने का तुम्हें कोई हक नहीं, क्योंकि तुम देख ही रहे हो, मेरे आधे सिर में एक भी बाल नहीं है, जहाँ तुम्हें कुछ नहीं करना पड़ता।

मैं कारी इश्कम्बा की इस बात को सुनकर उसके सिर की ओर अच्छी तरह देखने लगा। सचमुच ही वहाँ बालों के बीच में हथेली भर जगह बिना केश की थी।

हजाम ने कारी इश्कम्बा की गरमी को जरा कम करने की कोशिश करते हुए कहा–मैंने मजाक किया कारी चचा, नहीं तो चाहे कम दो या बेशी, तुम्हारे पैसे को मैं बरक्कत समझता हूँ, प्रसाद समझता हूँ। दूनी मजूरी से मैं बाय (सेठ) नहीं हो जाऊँगा। कौन-सा हजाम इस पेशे से सेठ हो गया, जो मैं सेठ हो जाऊँगा।

–बाय (सेठ) या रंक होना खुदा की मर्जी पर है–कारी ने बड़ी गंभीरता के साथ कहा। लेकिन जिस तरह मुस्कराते मजाक करते कारी ने यह बात कही, उससे मालूम होता था कि वह स्वयं इस बात पर विश्वास नहीं रखता।

हजाम ने कारी इश्कम्बा के बाल को बना दिया, उसकी गर्दन से चद्दर निकाल ली और उसको झाड़कर दुबारा गरदन में बाँध कर चाहा कि मैल भरे कारी के सिर को पानी से एक बार फिर भिगोकर छुरा फेरे, लेकिन कारी ने ऐसा करने का अवसर न देते हुए कहा :

–इसकी जरूरत नहीं। मेरे ओंठ के बालों पर कैची फेर दो, वही काफी है, मेरे पास समय नहीं है।

–क्या कोई जनाजा (शव) तो नहीं इंतिजार कर रहा है जो इतनी जल्दी कर रहे हो?–हजाम ने कहा।

कारी इश्कम्बा ने कहा–नहीं, अगर जनाजा मिलना होगा तो 12 बजे खानकाह (मठ) के आँगन में मिलेगा–फिर दीवार की ओर नजर डालते हुए यह भी कहा–इस समय 10 बजा है।

–हाँ, तो फिर और क्या जरूरी काम है? मुस्कराते हुए हजाम ने पूछा।

–यही वक्त है चाय पीने का, अगर देर करूँगा, तो चाय से हाथ धोऊँगा।

–खूब! यह बात है?

मैं इस सारी बातचीत के आश्चर्य में पड़कर यह नहीं जान सका कि कारी इश्कम्बा किस तरह का आदमी है। मैं अपने दिल में सोच रहा था अगर यह आदमी ऐसा है कि इसके पास जरखरीद कोठरियाँ हैं, तो फिर क्यों ऐसी जिन्दगी बिताता है और अपने बाल कटाने के पैसे को भी अपरिचित मुर्दों की दक्षिणा के भरोसे देना चाहता है। यह काम तो गरीब बेकसों का है। अगर यह आदमी वस्तुतः गरीब और बेकस है, तो मेरे दोस्त ने भी जैसा बतलाया, क्यों यह बड़े-बड़ों की दोस्ती का दावा रखता है, यहाँ तक कि उनके चाय के वक्त पहुँचने को अपने सिर की सफाई से भी ज्यादा आवश्यक समझता है। इतना कंजूस कि हजामत का पैसा देते वक्त अपने हथेली भर चंदले सिर का भी हिसाब करता है। ऐसी हालत में तो चाहिए था, हजाम से ज्यादा काम लेता। जो कुछ भी हो, आदमी बड़ा विचित्र मालूम होता है। जैसे भी हो, इस आदमी का पीछा करके इसकी बात जाननी चाहिए। कोठरी उसके पास है या वह मुझे कोठरी देगा या नहीं, अब मेरा यह प्रयोजन नहीं रह गया, बल्कि अब कारी के बारे में अच्छी तरह जानने की इच्छा हो उठी।

कारी इश्कम्बा ने इसकी परवाह नहीं की कि ओठों के बालों पर कैची अच्छी तरह घूमी या नहीं, हजाम ने गरदन में लपेटी चद्दर अलग की या नहीं, वह जल्दी-जल्दी में अपनी जगह खड़ा हो गया। गरदन से चद्दर को हटा चौकी पर से पगड़ी को उठाकर अपने सिर पर रखा और जल्दी-जल्दी दुकान से बाहर निकल गया।

–कारी चचा, हजामत के पैसे का क्या हुआ? कहते हजाम ने पीछे से आवाज दी। लेकिन कारी जरा भी रास्ते में खड़ा हुए या उसकी तरफ निगाह किए बिना बोला–अगली बार दो बार की हजामत का पैसा इकट्ठा ही दूँगा और लम्बी कदम बढ़ाते आँखों से ओझल हो गया।

मुझे हजामत की दुकान में कारी इश्कम्बा से जल्दी-जल्दी के कारण परिचय प्राप्त कर कोठरी की बात लाने का मौका नहीं मिला। उस दिन मैंने सड़कों और बाजारों में सरसरी तौर से बहुत चक्कर काटा, लेकिन उससे मुलाकात नहीं हुई।

दूसरे दिन कारी इश्कम्बा से मिलने के लिए कूचे में जा रहा था। काफी चक्कर काटने के बाद हौज दीवानबेगी की सड़क के बाजार से होते बज्जाजी के रास्ते चीनीफरोशी सड़क पर पहुँचा। चीनीफरोशी सड़क पर अभी 10 कदम भी नहीं चला था कि देखा–कारी इश्कम्बा एक चीनीफरोश की दुकान में बैठा है। मैं भी उसके सामने की एक बन्द दुकान के चबूतरे पर बैठ गया और जैसे बिल्ली मूसे पर ध्यान धरे, वैसे ही अपनी आँखों को उसके ऊपर गड़ाये बैठा रहा, साथ ही मूसे के पीछे पड़ी बिल्ली की तरह ऐसा ढंग रचा कि मालूम हो मेरी नजर उसके ऊपर नहीं पड़ रही है।

कारी इश्कम्बा चीनी-विक्रेता (चीनीफुरुश) के साथ चाय पी रहा था। इसी समय एक रोटी बेचने वाला रोटी के टोकड़े को अपने सिर पर रखे और दूसरी टोकरी को हाथ में पकड़े "गरम और मीठी। घी का शोरबा। आटा शक्करा!" कहते सड़क से निकला।

कारी इश्कम्बा ने रोटीवाले को आवाज देकर बड़ी बेतकल्लुफी से उसकी टोकरी में से दो रोटियों को लेकर चीनीफरोश के सामने दोनों का टुकड़ा करके रख दिया और उसमें से एक टुकड़ा रोटी अपने मुँह में डालकर जेब में हाथ डाला।

मैंने हजामत का पैसा न देते उसको देखा था, इसलिए इस बात में मुझे आश्चर्य नहीं हुआ कि बिना मोल-भाव किये, बिना पूछे-ताछे रोटीवाले से रोटी ले दो रोटी को दुकान के ऊपर रख के, एक को तोड़ उसमें से आधी को चीनीफरोश के लिए छोड़

खाने भी लगा। कारी इश्कम्बा को मैंने हजाम की दुकान पर जैसा देखा था जिससे इसका मेल बैठ जाता था।

कारी इश्कम्बा ने हाथ को इधर-उधर बहुत मार के अन्त में हाथ को जेब से खाली ही निकालकर दुकान मालिक से बोला–उका (साहिब) मेरी जेब में पैसा नहीं है। इस रोटी का पैसा तुम ही दे दो। अगर पास में पैसा न रहने की बात जानता, तो रोटी न तोड़ता कहकर वह रोटी खाने में लग गया।

चीनीफरोश ने एक बार अपनी नजर रोटी की ओर डाली और दूसरी बार कारी के ऊपर। अन्त में उसने रोटी का दाम पूछा और अपनी सन्दूकची से पैसा निकाल कर उसे देकर पीछा छुड़ाया।

लेकिन कारी इश्कम्बा ने न चीनीफरोश की ओर निगाह की और न रोटी बेचने वाले की ओर। दोनों आँखों को केवल नीचे की ओर किये एक रोटी का टुकड़ा तीन टुकड़ा करके अपने मुँह में डालता रहा और खाते-खाते रोटी का एक कण भी नहीं रहने दिया : फिर सामने रखी चाय के प्याले को पीकर खतम किया।

चीनीफरोश कारी इश्कम्बा के रोटी खाने को देखकर इतना अचरज में पड़ा था कि वह चाय निकालना भी भूल गया और जो एक टुकड़ा रोटी का उसके मुँह में था, उसे उसी तरह चबाता रहा।

अन्त में कारी का मुँह चलना बन्द हुआ, रोटी उसके गले से नहीं उतरी थी। मुँह इतना भरा हुआ था कि वह बात नहीं कर सकता था। उसने हाथ से चीनीफरोश की ओर इशारा करके चायनिक से चाय निकाल कर देने के लिए कहा। चीनीफरोश मुस्करा रहा था। उसी हालत में उसके समावार ने एक प्याला चाय निकाल कर कारी इश्कम्बा के सामने रखा। कारी ने एक हाथ से प्याला उठा कर मुँह में लगाया और दूसरे हाथ को रोटी के आखिरी टुकड़े की ओर बढ़ाया जो कि दुकानदार के सामने पड़ा हुआ था। उस टुकड़े को मुँह में डाल कर वह चाय पी गया। चाय पीने से उसका मुँह थोड़ा खाली हुआ, तो आखिरी रोटी के टुकड़े को भी उसने मुँह में डाल दिया जिसके बाद प्याले की बाकी चाय को जल्दी से पी गया। अभी उसके मुँह का कौर सारा खतम नहीं हुआ था, इसी वक्त वह खड़ा हुआ और जल्दी-जल्दी आगे बढ़ चला। मैं भी अपनी जगह से उठकर उसके पीछे-पीछे चल पड़ा।

X   X   X

कारी इश्कम्बा अब रास्ता चलने में उतनी जल्दी नहीं कर रहा था। धीरे-धीरे कदम रखते सड़क के दोनों तरफ की दुकानों और दुकानदारों की ओर देखते एक-एक चीज पर नजर दौड़ाते चल रहा था। जिस किसी की आँख उसकी आँख से मिलती, उसको सलाम अलैक भी करता। कुछ कदम जाने के बाद सन्दूकसराय के सामने एक सन्दूक-फरोश की दुकान पर जा कर बैठा। सन्दूक-फरोश दुकान के भीतर की ओर बैठा अपने सामने हिसाब की बही रखे मुँह को हिला रहा था। मालूम हुआ, आने-जाने वालों से आँख बचा कर हिसाब बही की आड़ से मुँह किये खा रहा था।

कारी इश्कम्बा ने बैठ कर शरीर को जरा टेढ़ा करके हाथ बढ़ाकर बही के पीछे से कोई चीज निकाल कर मुँह में डाल लिया।

मैं कारी इश्कम्बा के पीछे-पीछे आया था। सन्दूक-फरोश की दुकान के पास बैठने या खड़े होने की कोई जगह नहीं पा इस बात के लिए मजबूर हुआ कि वहाँ से धीरे-धीरे पैर बढ़ाऊँ। उस वक्त मैंने समझा कि कारी संदूक-फरोश के खाने में—चाहे वह कितना ही किताब के पीछे छिपा हो—अपने को शामिल कर दिया था। लेकिन मैं यह नहीं समझ पाया कि वह कौन-सी खाने की चीज थी जिस पर कारी हाथ मार रहा था। मैं सन्दूक फरोश की दुकान के सामने एक खाली जगह पाकर वहाँ बैठ गया, लेकिन जगह उस दुकान से दूर थी।

बहुत देर नहीं हुई कि खाने की चीज खतम हो गई। कारी इश्कम्बा अपनी जगह से उठा और चीनीफरोशी सड़क और अत्तारी सड़क के बीच में, जो टोपियों और शाहीफरोशों की दुकानें थीं, वहाँ से होते हुए चला।

मैं वहाँ बहुत दूर बैठा हुआ था। जल्दी से अपनी जगह से उठा और कदम तेज करते उसके पीछे-पीछे चलने लगा।

कारी इश्कम्बा ने भी कदम को कुछ तेज किया और यहाँ तीमचा (हाट) के भीतर इधर-उधर नजर दौड़ाने लगा। फिर एक टोपी बेचने वाले की दुकान के सामने खड़ा होकर उसने पूछा—मेरी टोपियों को बेच दिया क्या?

पास में मेरे बैठने की कोई जगह नहीं थी। मजबूर होकर अपने को खरीदार बनाकर मैं कारी की बगल में खड़ा हो गया।

नहीं, अभी नहीं बेचा—टोपीवाले ने जवाब दिया।

शायद बेच दिया हो, लेकिन उसके पैसे को किसी काम में लगा दिया होगा कह कर कारी इश्कम्बा ने टोपी वाले की बात पर विश्वास नहीं करना चाहा।

—कारी चचा, आपको तो किसी बात का विश्वास नहीं होता कहते हुए टोपी वाले ने जरा-सा पीठ की ओर झुक कर हाथ फैला के पीछे रखी हुई टोपियों में से एक मुट्ठा ले आकर कारी इश्कम्बा के सामने रख दिया और कहा:

—आपकी टोपियाँ यही है न?

—यही है—कारी ने कहा और वह फिर बोला—पहिले भी मैंने तुम्हारी बात पर विश्वास किया था। यह तो मैंने मजाक किया। जाने दो, तुम्हें कष्ट तो नहीं हुआ ?

—नहीं, मुझे कष्ट क्यों होगा? मैंने तुम्हारे इस तरह के मजाक को अभी ही नहीं सुना है।

—अच्छा मजाक रहने दो—कारी इश्कम्बा ने कहा—आजकल मुझे पैसे की बहुत जरूरत है। क्यों न टोपियों का पैसा पेशगी दे दो। और न हो तो आधा ही दे दो, इलाही सलामत रखे, तुम्हारे बच्चों के लिए दुआ करूँगा।

—आपकी यह बात मजाक भी हो सकती है, लेकिन ठीक नहीं है, और न दिल के भीतर से आती है—टोपीवाले ने जोर देकर कहा।

—क्यों?

—आप चाहते हैं कि इन टोपियों को बाहरी खरीदारों के हाथ खुर्दफरोशी की दर से बेच कर पैसा बना कर दूँ। अगर आपकी टोपियों का पैसा मैं पेशगी दे दूँ और अपने पैसे को इन टोपियों में डाल दूँ, तो ऐसे सौदे से मुझे क्या नफा मिलेगा? और आप मुझसे हर 100 तंका (रुपये) पर प्रतिमाह ढाई तंका फायदा (सूद) लेते हैं। ऐसी हालत में यदि मैं अपनी दुकान के पैसे को आपकी टोपी में बन्द कर दूँ, तो ऐसी सेवा से मुझे हानि होगी—कहते हुए टोपीवाला कुछ ज्यादा गरम होकर फिर बोला—आइए थोक दर पर जिस दर पर थोक खरीदार लोग खरीदते हैं, उसी दर पर मुझे बेच दीजिये। मैं इसी वक्त आपकी सभी टोपियों का दाम एकमुश्त चुका देता हूँ।

—ऐसा सौदा मुझसे नहीं हो सकता। ऐसी हालत में टोपियों का चौथाई दाम मेरे हाथ से निकल जायेगा—कारी इश्कम्बा ने कहकर जाना चाहा। इसी समय परिहास करते हुए टोपीवाला बोला:

—आखिर बैठिए भी, आपकी इन टोपियों के पैसे के ऊपर से जरा चाय भी गरम कर के देता हूँ।

—नहीं, सलामत रहो, मैं इस वक्त बैंक में जाकर चाय पीऊँगा—कारी इश्कम्बा ने हँसते हुए फिर कहा—मेरी टोपी के पैसे से तैयार हुई चाय न तुम्हारे दाँत को साफ करेगी न मेरे ही। कारी इश्कम्बा एक कदम ही आगे बढ़ा था कि टोपीवाले ने मेरी ओर निगाह करके कहा:

—आप क्या चाहते हैं?

—मुझे टोपी चाहिए—कारी को सुनाते हुए मैंने जरा जोर की आवाज में कहा जिससे कि उसके दिल में संदेह न हो कि मैं उसके लिए उसकी बगल में खड़ा हूँ।

मेरी इस बात को सुनकर कारी इश्कम्बा रास्ते से लौटकर दुकान के सामने खड़ा हो टोपीवाले से बोला:

—इनको मेरी टोपियाँ दिखलाओ।

टोपीवाले ने कारी इश्कम्बा की टोपियों के पुलिंदे को मेरे हाथ में देकर कहा:

—इनमें से एक को पसन्द करें।

मैंने भी बेपरवाही से उनमें से एक को अलग करके पूछा:

—अच्छा इसका कितना तंगा?

—पाँच तंगा।

—दो तंगा—कहकर टोपियों के पुलिन्दे को टोपीवाले के हाथ में देकर मैं खड़ा रहा।

—इन्साफ करिये उका (साहिब)—कारी इश्कम्बा ने मेरी ओर निगाह करके कहा—इनमें से हरेक के ऊपर 4 तंगा की चीज लगी है, कम-से-कम माल का दाम तो दीजिये, सिलाई की मजदूरी छोड़ दीजिये।

—ओह, यह टोपी नहीं खरीदेंगे—दुकानदार ने टोपियों के पुलिन्दे को रखते हुए कहा—बेकार परेशान न करें।

कारी चल पड़ा, मैं भी उसके पीछे-पीछे था।

X   X   X

कारी इश्कम्बा अत्तारीसड़क के मुँह की ओर से निकलकर एक अत्तार की दुकान के सामने खड़ा हुआ। मैं भी टोपीवाले की दुकान पर जिस तरह गया था, उसी तरह

जाकर कारी के बगल में खड़ा हुआ। कारी इश्कम्बा ने "सलाम अलैक" के बाद अत्तार से कहा :

—अबेरा के लिए एक खुराक गुलंकन्द देने की कृपा करें, भूख कम हो गई है।

अत्तार ने मुस्कराते हुए अपने सामने रक्खे हुए बर्तन का मुँह खोल कर एक चम्मच गुलकन्द निकाल–"अगर हाजमा कमजोर न होता, तो आप तो सारी दुनिया को खा जाते" कहकर चम्मच को कारी इश्कम्बा की तरफ बढ़ा दिया।

कारी इश्कम्बा ने अत्तार के हाथ से चम्मच लेकर उसकी नोंक से गुलकन्द को अपने दाँतों में पकड़कर चम्मच को लौटाते हुए कहा :

—अबेरा-आश (खिचड़ी) मैंने बहुत खा लिया और दाँत भी बन्द हो गया था, इसलिये कोई चीज भीतर नहीं जाती थी।

—दुकान भी मेरी बन्द पड़ी है, माल की भी मेरे पास कमी है। इसके अतिरिक्त यह सारा मेरा माल भी यहाँ पर बेचने से अबेरा-आश (के दाम से) अधिक का नहीं होगा–अत्तार ने कहा।

अच्छा अबेरा-आश के लिए न सही, खुदा के लिए एक खुराक और दीजिए, आपके लिए दुआ करूँगा, इलाही तुम्हारे फर्जन्दों की ब्याह-शादी करा दे।

अत्तार ने फिर एक चम्मच गुलकन्द निकाल कर दिया और कारी ने गुलकन्द की चम्मच को अत्तार के हाथ से लेते वक्त मेरी ओर देखकर कहा :

—उका, क्या तुम्हारा मेरे साथ कोई काम है?

उसके जवाब में "हाँ, आपके साथ काम है" कह कर कोठरी को बातचीत में लाना ही चाहता था कि इसी समय अत्तार ने पूछ लिया– "आपका क्या काम है?"

मैंने कहा–मुझे मुर्च दरकार है।

मेरा यह जवाब उसके लिए अधिक अनुकूल था। जल्दी से अपने हाथ को मैंने अपनी जेब में डाला कि थोड़ी-सी मूर्च खरीदूँ और यहाँ से हट जाऊँ। लेकिन, किस्मत की बदनसीबी थी, मेरी जेब में एक पैसा (फूल) भी नहीं था। शरम से सुर्ख और सफेद होता अत्तार की ओर निगाह करके "इस वक्त पैसा भी मेरे पास नहीं है, मैं जाकर पैसा लाता हूँ, फिर मुर्च लूँगा" कहते मैं वहाँ से अलग होकर जल्दी-जल्दी चल पड़ा।

जिस वक्त मैं अत्तार की दुकान से अलग हो रहा था, उसी वक्त मैंने देखा कि कारी इशकम्बा ने निचले होठ को ऊपर के होठ के ऊपर लगाते आश्चर्य करते अत्तार से मेरी ओर इशारा किया।

X   X   X

आज भी शिकार हाथ नहीं आया, यही नहीं बल्कि सामने आया शिकार भी भाग निकला। अब शिकार का पीछा करने का रास्ता भी मेरे लिए बन्द हो गया था, अथवा पीछा करने से कोई फायदा नहीं था। मैं कारी इशकम्बा के सामने शर्मिन्दा हुआ था, मुर्च (मिर्च) खरीदने की बात की झुठाई उसके सामने सूर्य की भाँति प्रकाशित हो गई थी। मैंने मुर्च को बिना खरीदे ही मुर्च (धोखा) खा लिया था, यहाँ तक कि टोपी वाले के यहाँ टोपी खरीदने की बात भी कारी के सामने झूठी साबित हो चुकी थी।

मेरे लिए सबसे अधिक अफसोस इस बात का था कि यह सारी बात मेरी असावधानी के कारण हुई। यदि मैंने “उका, तुम्हें क्या मेरे साथ कोई काम है?” के जवाब में हाँ कह दिया होता और “काम के बारे में कहने के लिए एकान्त जगह की जरूरत है” और जोड़ दिया होता तो अवश्य वह मुझे एक कोने में ले जाकर काम के बारे में पूछता। मैं उस वक्त कोठरी की बात ले आता। अगर उस वक्त उसके पास कोठरी खाली न भी होती, तो भी उससे जान पहिचान हो जाती और फिर आगे के लिए इस विचित्र आदमी के हालचाल जानने का रास्ता खुल जाता।

अब मेरी लज्जा और अफसोस से कोई फायदा नहीं था, कमान से तीर छूट गया था और चिड़िया जाल से निकल गई थी।

यह होने पर भी उस आदमी से परिचय करने की मेरी आशा बिलकुल टूट नहीं गई। मैं अब कोई दूसरा उपाय सोचने लगा। अन्त में मेरे दिल में एक ख़याल आया:

—किसी तरह उसके घर का पता प्राप्त करें, फिर किसी वक्त उसके घर पर जाऊँ, और उसके सामने टोपी खरीदने और मुर्च खरीदने की बात झूठी है, इसे स्वीकार करूँ, और उसका पीछा करने के असली मतलब को कहते हुए कोठरी माँगने की बात को बतलाऊँ जिससे परिचय करने का रास्ता खुल जाये।

एक दिन फिर रास्ते से जा रहा था। आज मेरा मतलब था कारी इश्कम्बा के घर का पता प्राप्त करें। चायफरोशी सड़क से दखिन की ओर अंगिश्त बाजार की पिछली गली में एक सराय थी, जिसका नाम "जन्नत मकानी" (स्वर्ग गेह) था। सराय के दोनों तरफ दो चबूतरे थे। उनमें से एक पर रहीमी कंद नामक एक आदमी अपने मिठाई के खोमचे को रखे बैठा था। मैं भी दूसरे चबूतरे पर बैठकर कुछ समय तक मिठाईवाले से गप किया करता था। आज भी मैं उसी जगह जाकर बैठा हुआ था। वह बड़ा बातूनी आदमी था, मैं भी बड़े शौक से उसकी चकचक सुन रहा था। बीच में रहीमी कन्द का नाम आया तो कुछ और ठहरने का मन किया। यह आदमी असल में शाफिर काम तुमान (परगना) के इस्तमतई गाँव का रहने वाला था और बुखारा में गाने-बजाने का काम करता था।

आदमी बड़ा गरीब था। उसे तम्बूर बजाने का भी बहुत अभ्यास नहीं था, साथ ही वह बहुत कम बोलने वाला आदमी था। अगर बात बोलता भी तो जिद्दी जैसा बोलता। उस जमाने के दूसरे गायकों की तरह वह मजाक, परिहास, मीठा बोलना और खुशामद करना नहीं जानता था। इसीलिए उसे बाय (सेठ) लोग अपने उत्सवों और जल्सों में नहीं, अथवा बहुत ही कम ले जाते थे। उसके खरीदार कम थे, अगर कोई उसे किसी जल्से में बुलाता भी तो एक दिन अथवा एक रात के लिए दो तंगा (30 कोपेक) मजदूरी देता, वह इस पर राजी हो जाता।

चूँकि उसका तम्बूरा बजाना दूसरे वादकों और गायकों की अपेक्षा बहुत सस्ता था, इसलिए मुल्लाबच्चे (विद्यार्थी) अपने जल्सों में उसे ज्यादा बुलाते थे। यह जल्सा या इजतिमूना आजकल के बंकित जैसा था, वह कंसर्त (संगीतोत्सव) जैसा नहीं था, बल्कि उसके साथ भोज भी रहता था। मैं भी मुल्लाबच्चों के इस तरह के इजतिमूना में उससे परिचित था।

कभी-कभी मुल्लाबच्चों के जल्से में उसके साथ हद से ज्यादा अन्याय होता था। एक बार इस तरह की एक घटना घटी।

एक साल से मेरे सहपाठी–जिनकी संख्या सौ के करीब थी–हर साल की तरह दमुल्ला (पंडित जी) के सामने आगामी साल के पाठ को शुरु करने वाले थे। नया पाठ शुरु करने के लिए पाठारंभ (इफ्तिताहा) के हलवे की आवश्यकता थी। हलवे के लिए किसी से ज्यादा, किसी से कम सभी साथियों से कुल मिलाकर एक हजार पाँच सौ तंगा जमा हुआ जिसमें से एक हजार चार सौ तंगा का हलवा-मिठाई, हलवा-रोटी, सेब, अनार खरीदा गया और बाकी दमुल्ला को नगद पैसे के रूप में भेंट करना था।

पाठ आरम्भ कर लेने के बाद हमने दमुल्ला को राजी करके पैसा उनके सामने रक्खा और बाकी बचे सौ तंगों को इजतिमूना पर खर्च किया। सौ विद्यार्थी और कुछ मेहमान भी थे। सब मिलाकर एक सौ बीस आदमी हो गये। उनके लिये आश-पलाव तैयार कराया गया, मिठाई, मुरब्बा और रोटी खरीदी गई।

इस इजतिमूना में गायक वही रहीमी कन्द अकेला था। इस बेचारे को दो तंगा पर ठीक करके लाये थे। उसके तम्बूर और मुल्लाबच्चों ने अपने मधुर स्वर में गजलखानी (प्रेम-गायन) किया। मुल्लाबच्चे बारी-बारी से गा रहे थे, इसलिये उनको उतनी थकावट नहीं होती थी, लेकिन रहीमी कन्द अकेला ही सबके लिये तम्बूर बजाने के लिये मजबूर था, इसलिये उसे बहुत जोर करना पड़ता था। आधी रात बीतने के बाद उसे तम्बूर पर नाखून मारने की ताकत नहीं रह गई थी, लेकिन मुल्लाबच्चे उसकी इस हालत को देखकर भी छोड़ने के लिये तैयार नहीं थे, जबर्दस्ती और तम्बूर बजाने के लिये कह रहे थे। वह भी अड़ गया और बोला :

–अगर मार भी डाले तो भी मैं अब नहीं बजाऊँगा।

–यह बात है?–अमीनी मूश नामक एक मुल्लाबच्चे ने जनाना स्वर में कहा। अमीनी खुद भी गायक था।

–मेरी बात यही है–रहीमी कन्द ने दृढ़तापूर्वक जवाब दिया।

–साथियो, दोस्तो, उठो, ‘खरमुर्द’ (गदहे की मार) मारो–अमीनी मूश ने कहकर वहाँ बैठे लोगों की तरफ देखा और सबसे पहिले स्वयं उठकर रहीमी को घर की ओर घसीटा। कुछ दूसरे भी मुल्लाबच्चे खड़े होकर उसके सहकारी हुए। रहीमी कन्द बेचारे को कभी पटका और कभी पीटा।

रहीमी कन्द पहिले हाय-हाय बोलता, फरियाद करता रहा, इसके बाद वह रोने और आँसू बहाने लगा। लेकिन उससे कोई फायदा नहीं हुआ, खरमुर्द करने वालों ने उसके ऊपर से हाथ नहीं हटाया।

अन्त में उसकी आवाज बंध गई, साँस ऊपर-नीचे होने लगी, और हिचकी लेते हुए उसने कहा :

—अच्छा, दयानिधानो (तक्सीरचाहा) ठहरिये, मैं फिर बजाऊँगा।

खरमुर्द करने वाले हाथ खींच कर चुपचाप हो गये। उसने भी अपनी जगह से उठकर वहाँ बैठे रोती हुई आँखों और काँपती हुई अँगुलियों से थोड़ी देर नाखून से तार बजाया।

इसी वक्त आश (भोजन) तैयार हो गया। पुलाव से भरे हुए थालों को मेहमानों के सामने ला रखा। रहीमी कन्द भी अपने तम्बूर को दीवार के साथ खड़ा करके पुलाव के थाल पर जा पड़ा।

आश को थाल-चाट कर खा गए, दस्तूरखान (दस्तरखान) भी समेट लिया गया। अब तितर-बितर हो अपने-अपने घर जाने का समय आ गया था। रहीमी कन्द को दो तंगा मजदूरी और ऊपर से एक रोटी और एक कटोरा आश भी उसके बच्चों के लिये दे दिया।

रहीमी कन्द ने मुल्लाबच्चों के इस इनाम से जिसकी कि उसे उम्मीद न थी—बहुत खुश हुआ और यह कहते "इलाही, आप सभी मुदर्रिस (आचार्य) होवें, मुफ्ती बनें, आलम (पंडित) बने, आखुन्द (पुरोहित) बनें, मनसबदार (अफसर) बनें, काजी (जज) बने और काजीकलाँ (न्यायाधीश) बनें", कहते दुआ भी दी।

यह सुनकर एक मुल्लाबच्चे ने कहा:

—इन सभी दर्जा को पाने के लिये सभी काजी, रईस या दूसरे आजकल के मनसबदारों को या तो मरना चाहिये या बेकार हो जाना चाहिये। यह तेरी दुआ वस्तुतः आजकल के मनसबदारों (अफसरों) के लिये बद्दुआ (शाप) है, वह सुनेंगे तो तुझे "खरमुर्द" करके मार डालेंगे।

—ठीक है—रहीमी कन्द ने ओठों पर कुछ मुस्कराहट लाते हुए कहा- अगर खरमुर्द करने के बाद भी आशा और रोटी दें, तो कोई हर्ज नहीं।

मैंने अपने जीवन में रहीमी कन्द को दो बार ही ओठों पर मुस्कराहट लाने की कोशिश करते देखा था : एक इसी मजलिस में और दूसरे के बारे में आगे कथा समाप्त करते समय कहूँगा।

उसे उस रात दो तंगे मिले थे, वह भी उसे हर रात मुयस्सर नहीं होते थे, और जो एक रोटी और एक कटोरा आश का मिला था, वह भी महीने में शायद एक बार मिलता हो, सो भी खरमुर्द करने के बाद। सचमुच इसके सहारे रहीमी कन्द की जिन्दगी नहीं गुजर सकती थी। अगर दूसरों के पास काम करने जाना चाहता, तो उसे दूसरा कोई हुनर मालूम नहीं था। अगर दुकानदारी करना चाहता, तो उसके पास पूँजी नहीं थी, इसीलिये उसने मिठाई का खोमचा रखना शुरु किया था। यही उसकी सारी पूँजी थी। इस काम के लिये थोड़ी-सी मिठाई, बिस्कुट या ड्राप (आबेदन्दाँ) जैसी चीजों की जरूरत थी।

रहीमी मिश्री (कन्द) को तोड़कर बड़े टुकड़े को दो पैसा (आधा कोपेक) और छोटे टुकड़े को एक पैसा (पूल) दाम करके सामने रखे हुए था। खोमचे के एक कोने में सस्ते बिस्कुट थे, दूसरी तरफ रंगीन आबेदन्दाँ (ड्राप) पड़े हुए थे।

रहीमी कन्द अपने इस "सारे सौदागिरी माल" को उठाये सराय जन्नत-मकानी के दरवाजे पर बैठा था। उसके अधिकांश खरीददार गली के लड़के थे। इसी कारण बुखारा के लोग नाम के साथ कन्द (मिठाई) जोड़कर उसे रहीमी कन्द कहते थे।

मैं भी जब तब रहीमी कन्द की मिठाइयों में से बिस्कुट या दूसरा दो पैसे का टुकड़ा खरीद कर मुँह में डाले दूसरी ओर के चबूतरे पर बैठता था। उसके कन्द या मिठाई से ज्यादा मुझे मजा आता था उसकी बातों में। रहीमी कन्द मुझे जो कहानियाँ और आपबीतियाँ सुनाता था, उनमें से दो मुझे अब भी याद रह गई हैं, जिनको मैं यहाँ लिख रहा हूँ :

"एक दिन काल की निष्ठुरता और मनुष्यों की अगुणग्राहिता की शिकायत करते हुए वह कहने लगा–अगर आदमियों में विवेक होता, अगर वह हुनरमन्दों को बेहुनरमन्दों से भेद करते और हुनरमन्दों की कदर करना जानते, तो दूसरे गायकों के साथ वैसी बात और मेरे साथ ऐसा बर्ताव नहीं करते। हमारे यहाँ के अधिकांश हाफिज (गायक) और तम्बूर तथा दुतारा बजानेवाले बिना उस्ताद के शार्गिद हैं। उन्होंने किसी

के पास कुछ शिक्षा नहीं प्राप्त की है। लेकिन विवेकहीन आदमियों को बेवकूफ बना कर पैसा बनाने का रास्ता खूब जानते हैं। मैंने कितने ही जबर्दस्त उस्तादों से सालों सेवा करके इस हुनर को सीखा है, लेकिन मुझे खाने के लिये रोटी भी नहीं मिलती।''

रहीमी कन्द अपने हुनरमन्द होने के प्रमाण में यह भूमिका बाँधकर अपने जबर्दस्त उस्तादों की जीवन-घटनायें कहने लगा :

मैंने नसरुल्ला बाई देग-फरोश (बर्तन-विक्रेता) की 10 साल सेवा की है। नसरुल्ला बाय नाम को छोटा करके लोग उसे नसरुल्ला बाई देग कहा करते थे। नसरुल्लाबाई देग एक समय शशमकाम में था। उसके पास तम्बूर या दो तार नहीं था, इसलिये हाथों से डफ बजा रहा था।

मैं 10 साल तक उसकी सेवा करते हुए शशमकाम में पानी डाल कर रोजी चलाता था। उस्ताद मेहमानी के लिये जाते समय मुझे भी अपने साथ ले जाता था। एक रात मुझे काजीकलां के दामाद के चारबाग (बगीचे) वाले घर में ले गया, जो कि खितायान गाँव में था। उस जगह कितने ही दूसरे गायक और वादक भी आये थे। आधी रात तक सभी ने इकट्ठा बाजा बजाकर जल्सा किया, गायकों ने भी मिलकर गाया। आधी रात के भोजन समाप्त होने के बाद सभी गायक, वादक उठकर चलने लगे। नसरुल्लाबाई देग ने काजीकलां के दामाद से कहा :

अगर आज्ञा हो तो, मैं स्वयं अपने शार्गिद के साथ आपको एक विशेष संगीत सुनाऊँ।

दामाद साहब बड़ी प्रसन्नतापूर्वक राजी हो गये। नसरुल्लाबाई ने मुझसे कहा–तम्बूर के तारों का सुर बाँध।

मैंने तम्बूर के साज बाँधा, नसरुल्लाबाई ने दायरा (डफ) हाथ में लिया। वह टेक को पकड़े हुए गा रहा था और मैं सारे गीत को। इसी समय दो बुलबुलें उड़ती हुई आकर उसी दरख्त की शाखा पर बैठ गईं, जिसके नीचे हम संगीतानुष्ठान करते हुए बैठे थे। बुलबुलें चुपचाप बैठी हमारे गायन-वादन को सुन रही थीं। उसके बाद जब हमने उस सुर को अच्छी तरह से दुहराना शुरू किया तो बुलबुलें भी चहचहाने लगी। बुलबुलों के इस काम से मेरे उस्ताद नसरुल्लाबाई देग को बहुत उत्साह हुआ, मानो बुलबुलें भी साथ-साथ गा रहीं हो। उस्ताद ने कई राग गाने शुरू किये। मैंने भी

अपने नाखूनों से बजाते अपने तार के स्वर को आस्मान के कानों तक पहुँचा दिया। सुननेवाले मेरी करुणापूर्ण संगीत से ऐसे प्रभावित मालूम होते थे, जैसे तम्बूर पर नहीं बल्कि उनकी नसों और पैरों पर नाखून मारा जा रहा हो। उसकी गरमी से वह बड़े जोश में आ गये थे। अन्त में बुलबुलें हमसे हार मानकर चुप हो गईं। कुछ समय तक आराम करने के बाद बेहोश-सी हो, दरखत की शाखा से उठकर, उड़ते हुए पतिंगे की तरह, हमारी तरफ दौड़ीं। जैसे शमा (दीप-शिखा) के ऊपर परवाना चक्कर काटता है वैसे ही वह हमारे सिर के चारों ओर चक्कर काटती रही। कुछ समय तक इस प्रकार चक्कर काट कर बुलबुलें होश खो बैठीं और उनमें से एक मेरे तम्बूर के कान पर बैठी और दूसरी मेरे उस्ताद नसरुल्लाबाई देग के डफ के मेखले पर।

रहीमी कन्द की यह जीवन-घटना झूठ थी, यह बिलकुल स्पष्ट था। लेकिन मैंने उसके विरुद्ध जरा भी मुँह नहीं खोला, क्योंकि अगर वह समझता कि मैं उसकी बातों पर विश्वास नहीं रखता तो वह केवल मेरी ओर से मुँह फेर कर हल्ला-गुल्ला ही नहीं करता, बल्कि यह भी डर था कि मुझसे दोस्ती भी तोड़ लेता और फिर ऐसी कहानियाँ मेरे सामने नहीं कहता। मुझे इस तरह की आपबीतियों के सुनने का बहुत शौक था, इसलिये मैं बहुत ध्यान से और पूरा विश्वास दिलाते हुए उसकी कहानियों को सुनने की उत्सुकता प्रकट करता। वह समझता था कि मैं उसकी सभी बातों पर विश्वास करता हूँ।

एक दिन उसने मुझे अमीर (बुखारा के सुल्तान) के नौकरों–जीवित (वीरों) की वीरता की कहानी सुनाई। यह कहानी अमीर मुजफ्फर खाँ और हिसारियों तथा कुलाबियों के बीच के युद्ध के बारे में थी। यह वही अमीर था, जिसने हिमारियों और कुलाबियों के सिरों में कपालस्तम्भ (कल्ला-मनार) बनवाया था, जिसने एक घड़ी में चार सौ (400) कैदियों को एक-एक करके मारने का हुक्म दिया था। रहीमी कन्द ने उस बात को कहकर कि अजीजुल्ला नामक एक वीर की बात शुरू की।

यह अजीजुल्ला मूलतः बलख का था और बुखारा में शिक्षा प्राप्त कर रहा था। कुन्नाबियां आर हिसारियों के साथ के युद्ध में वह अमीर की तरफ से स्वयसेवक बनकर साथ गया था। इस सवा के बदले उस समय जबकि रहीमी कन्द मुझे कहानी सुना रहा था- अजीजुल्ला बुखारा के इलाके में एक तुमान (इलाके) का रईस (अफसर) बना हुआ था।

अजीजुल्ला का नाम दरोगाई (झूठ बोलने वाला) था, क्योंकि इसमें उसने नाम किया था। वह खुद कहता था–"अगर मैं प्रतिदिन पक्का सौ झूठ न बोलूँ, तो सारी रात नींद नहीं आती।"

रहीमी कन्द इसी अजीजुल्ला दरोगाई की बहादुरी के बारे में मुझसे कह रहा था।

"अजीजुल्ला अमीर के फौजी अफसरों की पाँती में हिसारियों और कुलाबियों के भीतर घोड़ा डाले हुए था। एक-एक तलवार की चोट से, 10-12 आदमियों को काट फेंकता था। जिस वक़्त कि जंग गरमा-गरम हो रही थी, इसी समय उसका घोड़ा आगे बढ़ते हुए तूत के दरख़्तों के बीच जा कर फँस गया। जिस वक़्त घोड़ा दरख़्तों के बीच में पहुँचा, उसी समय अजीजुल्ला का सिर डाली में लगकर, उसके गरदन में घाव हो गया। अजीजुल्ला ने बड़ी जल्दी से घोड़े के सिर को पीछे की ओर खींच कर इतनी तेजी से अपने को युद्धक्षेत्र से बाहर निकाल लाया कि अभी उसके सिर का खून बंद नहीं हुआ था।

मैंने रहीमी कन्द के मुँह से यह कहानी सुनकर कहा :

–खैरियत हुई, जो अजीजुल्ला ने बेतहाशा दौड़कर अपने सिर को तन से अलग नहीं करवा लिया, नहीं तो उनकी आँखें उसके पीठ की ओर हो जाती, और उसके लिये जीवन दुर्भर हो जाता।

रहीमी कन्द ने मेरी इस बात से समझा, कि मैं उसकी कहानी पर विश्वास नहीं कर रहा हूँ इसलिये वह चिल्ला उठा।

–वह अन्धा नहीं था, न बेअक्ल ही था : वह जानता था कि किस तरह अपने शरीर पर सिर को रखना चाहिए।

मैंने क्षमा माँगते हुए उसकी कहानी पर विश्वास करने का विश्वास दिलाया। तब उसके मन से संदेह हटा। इतना होने पर भी कुछ समय तक उसने फिर मुझसे कहानी कहना छोड़ दिया।

रहीमी कन्द अपनी अन्तिम उमर में एक शेख (सन्त) का शिष्य बनकर खान-काहगर्द (मठ-वासी) हो गया। इसके बाद वह इस प्रकार की जबर्दस्त कहानियों के लिये अपना मुँह न खोलता। अब वह उनकी जगह शेखों (सन्तों) की करामातों (चमत्कारों) की बातें दुहराता। पहिले अजीजुल्ला दरोगाई की बहादुरी की कहानियों

को रंग चढ़ाकर बड़े विश्वास के साथ कहता था, अब वह धोखेबाज शेखों की करामातों को भी उसी तरह रंग कर बड़े विश्वास के साथ चढ़ा-बढ़ा कर कहता और शेखों के प्रति जो शक और सन्देह करते, उनसे अपनी दोस्ती तोड़ लेता।

यह रहीमी कन्द से मठ-वासी होने से पहिले की बात है। मैं रहीमी कन्द से पैसे में खरीदी मिठाई को मुँह में डाल चूसता सराय के दरवाजे पर बैठा था। अभी वह कोई कहानी नहीं शुरू किये हुए था कि दूर से कारी इश्कम्बा दिखलाई पड़ा। मैंने अपनी दोनों आँखें ऊपर गड़ाईं, लेकिन जब उसकी नजर मेरे ऊपर पड़ी, तो उसने भी अपनी आँखों को मेरी ओर से नहीं हटाया। उसकी अर्थयुक्त तेज दृष्टि से मैंने मानो "यह कल का झूठा" की आवाज को सुना : इसलिए लज्जित होकर मैंने आँखों को उसकी ओर से हटाकर अपने को अनजान बना लिया।

सीधे रहीमी कन्द के चबूतरे के सामने उसने मिठाई और लेमनजूसों में से एक टुकड़ा लेकर अपने मुँह में डाला, फिर कन्फेत (विलायती मिठाई) में से भी एक उठाकर ऊपर के कागज को अलग करते हुए आगे को कदम बढ़ाया। चलते वक्त भी फिर मेरी ओर उसने एक निगाह डाली। मैंने अपनी आँख को उसकी ओर से हटाकर यहाँ तक कि अपने मुँह को भी दूसरी ओर फेर लिया था।

रहीमी कन्द ने जब देखा कि कारी इश्कम्बा मिठाई और लेमनजूस का पैसा बिना दिये ही चला जा रहा है, तो उसका रंग बदल गया और वह काँपती आवाज से बोला–"कारी चचा, शोखी (मजाक) न करें। मैं एक गरीब आदमी हूँ, चीजों का पैसा देकर जायें।"

कारी इश्कम्बा आगे बढ़े पैरों को बिना पीछे रखे यह कहते अपने रास्ते चला गया

–नमकहरामी मत कर। कल के आश (भोजन) को याद कर। किसी दूसरे समय और भी तुझे मेरी ओर से लाभ होगा, तेरी चीजों का 'नबेरा आश' अथवा "अबेरा

आश" भी प्राप्त हो सकता है। रहीमी कन्द भी ओठों के भीतर भुनभुनाते "मुर्दे का कफन" कहते उसे गाली देने लगा। मैंने रहीमी कन्द से पूछा–यह कौन है?

रहीमी कन्द ने जवाब दिया–एक पगड़ीवाला हिन्दू, एक सूदखोरी से गुजारा करने वाला, एक मुर्दे का कफन माँगनेवाला, एक कंजूस।

–तुमने कैसे उसका नमक खाया, जो कि वह तुम्हें "नमकहरामी न कर" कह रहा था।

–मेरा उसका नमक खाना तो अलग, खुद भी उसने अपना नमक नहीं खाया है–रहीमी ने यह कह कर नमक और आश की कहानी शुरु कर दी।

उस दिन मुझे एक भिश्ती ने किसी उत्सव के लिये बुलाया था। मैंने वहाँ जाकर तम्बूर बजाया। उस समय यह भी वहाँ दिखलाई पड़ा और मेहमानखाना में मेहमानों की पार्टी में जाकर आश खाकर मेरे पास आ तख्त पर बैठा। कुछ और भी मेहमान आकर चले गये, लेकिन यह अभी अपनी जगह से नहीं उठा। आखिर मेहमानों का आना-जाना बन्द हुआ। इसने मेजवान को बुलाकर कहा :

–आका इबराहीम के लिये भी आश देने की मेहरबानी करें, इसके हाथों के साथ इसका पेट भी तम्बूर बजा रहा है। इसे मांस और घी से भरा पलाव दीजिये।

मैंने आश खाया, वस्तुतः वह अच्छी तरह पकाया और घी पड़ा था। लेकिन वह आश भी मेरे नसीब में नहीं था। यद्यपि वह मेहमानखाना के भीतर आश खा के आया था, लेकिन मेरे आश में से भी अधिक को चट कर गया। आश के बाद मैं तम्बूर बजाने के लिये उठा, तम्बूर की खूंटियों को मैंने ऐंठकर उसके तारों को ठीक किया। इसने अपने मुँह को मेरे कानों में लगाकर कहा :

–मैं अगर इसी भोज में से तुझे एक थाल लाकर दूँ, तो उसमें से आधा मुझे देगा न ?

–दूँगा–मैंने उससे कहा।

इसके बाद मैंने एक चौकी तम्बूर बजाया, फिर उसने मेरे कान में मुँह लगाकर कहा :

–अब बस कर इतना काफी है।

मैंने भी बजाना बन्द कर तम्बूर को थैले में डाला। मेजबान से बोला :

–अच्छा, अब मुझे छुट्टी दें।

मेजबान ने दो तंगा पैसा मेरे हाथ में दे एक रोटी पर एक मुट्ठी मिठाई रखकर मेरे सामने की। मैंने पैसे को अपनी जेब में डाला और रोटी और मिठाई को रुमाल में बाँध लिया। इसने मेजबान से कहा :

—आका रहीम घर-बार वाला आदमी है, ऐसे आदमी को एक घी-मांस सहित कटोरा आश उस पर एक रोटी से ढाँककर दे दीजिये। ऐसे आदमी को जो कुछ भी दिया जाय, वह बेकार नहीं जाता। दुआ देगा और पीछे भी सेवा करेगा।

मेजबान ने उसकी बात को खाली नहीं जाने दिया और रोटी से ढँककर आश लाकर मुझे देते हुए कहा :

—थाल को लौटा कर देना न भूलना।

मैं भोजवाले घर से बाहर आया और दो-तीन कदम ही आगे बढ़ा था कि इसने मुझसे कहा :

—मेरा घर रास्ते के ऊपर है, पहिले वहाँ चलें। मैं वहाँ आश में से अपना हिस्सा ले लूँगा, पीछे तू अपना हिस्सा लेकर अपने घर चला जाना।

मैंने स्वीकार किया। हम बहुत-सी सड़कों और गलियों का चक्कर काटते इसके मकान पर पहुँचे। मालूम हुआ कि इसका घर भोजवाले घर से मेरे घर की अपेक्षा बहुत दूर था।

मैंने देखा कि कारी इश्कम्बा के घर का पता मालूम करने का यह बड़ा अच्छा मौका है, इसलिये रहीमी कन्द की बात काटकर उससे पूछा :

—इसका घर कौन से मुहल्ले और कौन से कूचे में है?

—कफशोमसही सराय के पिछवाड़े की गली में है—इस तरह रहीमी कन्द ने मुझे जवाब देकर अपनी कहानी आगे जारी रखी :

"जब मैं उसके मकान के दरवाजे पर पहुँचा तो यह मुझसे—आश मुझे दे, मैं इसे घर के भीतर ले जाकर बाँट कर अपना हिस्सा ले लेता हूँ, और तेरा हिस्सा ले आता हूँ"—कह कर आश को मेरे हाथ से लेकर भीतर चला गया। कुछ क्षण बाद लौट कर इसने मेरे हाथ में थाल को दे दिया, जो करीब-करीब बिलकुल खाली था—8 हिस्से में से एक हिस्सा भी नहीं था। आश को एक ओर करके घी का आखिरी बूँद तक निचोड़ लिया था। रोटी में से कुछ भी आश पर नहीं छोड़ा था। कहते हुए रहीमी कन्द ने अफसोस करते हुए यह भी कहा :

–यह है नमक और आश, जिसकी नमकहरामी की बात यह कर रहा था।

मेरे लिये उस दिन इतनी ही कहानी काफी थी। मुझे कहानी सुनने से भी ज्यादा जरूरी काम था। मैं कारी इश्कम्बा के मकान का पता पा चुका था। अब मुझे उसके घर पर जाकर उससे मिलना जरूरी था। मैं जल्दी-जल्दी उठकर खड़ा हुआ।

मैं जन्नतमकानी सराय के दरवाजे के चबूतरे से उठकर कूची और गलियों को जल्दी-जल्दी पार करने लगा। दिन खतम होने को आया था। दुकानदारों और सौदागरों में कितने ही अपने-अपने तिजारखानों और दुकानों को बंद करके अपने घरों की ओर जा रहे थे। मैं सोचने लगा, शायद कारी इश्कम्बा भी अपने घर चला गया होगा, इसीलिए मैं भी उसके मकान की ओर जल्दी-जल्दी कदम बढ़ाने लगा।

केमुख़तगरों की सड़क पर एक कूचे में कफशोमसही सराय के पिछवाड़े के कूचे में घुसा। वहाँ मेरे सामने वही दरवाजा आया, जिसका पता रहीमी कन्द ने दिया था। “शायद कारी इश्कम्बा का मकान यही है”–मैंने अपने मन में कहा और जाकर दरवाजे को खटखटाया।

एक क्षण के बाद दरवाजे के पीछे पैर की आहट सुनाई दी। फिर बहुत धीमी आवाज सुनने में आई। मालूम हुआ, दो आदमी बहुत धीरे-धीरे बात कर रहे हैं। मैंने फिर एक बार दरवाजा खटखटाया। इस बार पहिली बार से भी क्षीण आवाज सुनाई पड़ी :

–आप कौन हैं?–यह किसी औरत की आवाज थी।

–मैं एक मुल्लाबच्चा (विद्यार्थी) हूँ। कारी चचा से कुछ काम है, अगर घर के भीतर है, तो उनको कह दीजिये।

–आपके कारी चचा घर में नहीं है। कौन काम है? स्त्री की आवाज दुबारा आई।

–अपने काम को उन्हीं से कहूँगा। कब आयेंगे?

—वह बेवक्त आते हैं। कभी-कभी तो आधी रात के करीब तक अपने दोस्तों के घरों में चक्कर काटते रहते हैं।

—यदि सबेरे या और भी किसी समय से आऊँ तो उनसे भेंट हो सकती है?—मैंने पूछा।

—नहीं, वह रात के वक्त किसी आदमी के साथ अपने घर में मुलाकात नहीं करते, अपने दरवाजे तक को नहीं खोलते, और हमें भी कह रखा है, कि किसी के लिये दरवाजा न खोलना, चाहे आदमी जान-पहिचान का भी हो—यह दूसरी स्त्री की आवाज थी।

—आप लोग उनकी कौन लगती हैं?—मैंने पूछा।

—उनकी बीबियाँ—पहिली स्त्री ने जवाब दिया।

—अच्छा, दिन को जिस वक्त घर में रहते हैं, उसी वक्त आऊँगा ?

—घर पर कभी भी उनसे मुलाकात नहीं होगी। पौ फटते ही वह घर से चले जाते हैं, और रात को बहुत बेवक्त आते हैं।

X   X   X

"यह भी नहीं हुआ"—यह सोचते हुए मैं कारी इश्कम्बा के दरवाजे से लौटा और जूतेवाले बाजार के रास्ते हौज-दीवानबेगी का रास्ता पकड़ा। रास्ते में कोई नहीं दिखलाई पड़ा। देर तक रहने वाले दुकानदार भी अपनी दुकानों को बंद कर चुके थे। जब मैं जन्नतमकानी सराय के दरवाजे पर पहुँचा, तो रहीमी कन्द भी अपने खोमचे को सँभाल कर तैयार था। जैसे ही मेरी आँख उसके ऊपर पड़ी, उसने मुस्कराने की कोशिश करते हुए मुझे आवाज दी :

—क्या कहते हो?—कहते हुए मैं उसके पास पहुँचा।

—तुम्हें कारी इस्मत के साथ क्या काम है? कहते हुए उसने ओठों पर मुस्कराहट ला करके पूछा।

—तुम उसे मुर्दों का नमकख्वार कहते थे?

—हाँ।

—उसके साथ कोई भी काम मैंने नहीं किया। क्या बात है!

रहीमी कन्द चबूतरे के ऊपर चौपेती लोई का तकिया करके बैठे हुए बोलने लगा :

—जब तुम यहाँ से उठकर गये, उसी समय वह आया। और "वह कौन था" कह कर तुम्हारे बारे में मुझसे पूछने लगा। मैंने कहा–'गिजदुवान का एक मुल्लाबच्चा था।' उसने अपना सिर हिला कर कहा–"बात ठीक ही उतरी।" मैंने उससे पूछा–"क्या बात तुमने सोची थी ?" उसने कुछ सोचने के बाद कहा :

—लोग मुझे पैसे वाला समझते हैं, इसलिये कितने ही चोर उचक्के मेरे पीछे पड़े हुए हैं। इसके बाद जब उन्होंने समझा, कि घर में एक काला पैसा भी नहीं रखता, तो उनकी प्यास ठंडी हुई और उन्होंने मुझे अपनी हालत पर छोड़ दिया, लेकिन यह तुम्हारा दोस्त इस काम में नया है, इसीलिये मालूम होता है, वह मेरे पीछे पड़ा है।

—अच्छा क्या बात हुई जो तुम्हारे पीछे पड़ा? मैंने फिर पूछा।

—एक या दो दिन हुआ, यही आदमी मेरा पीछा कर रहा था। मालूम होता है, वह जानना चाहता है कि मैं कहाँ से पैसे पाता हूँ और कहाँ रखता हूँ। अगर जानता, कि मैं कुछ निश्चित रकम को ले जाकर घर में रखता हूँ, तो रात को आता और मेरी गला-घुटाई करता।

—यह आदमी वैसा नहीं है, तुम्हारा ख़याल गलत है।–मैंने उससे कहा।

—अपने चाहे अच्छा हो, लेकिन आश्चर्य नहीं यदि दूसरों ने हमारे तुम्हारे जैसों में उसको लाकर मेरे पीछे डाल दिया हो। जो भी हो, गिज्दुवानियों से डरते रहने की जरूरत है।–वह यह कहकर थोड़ी देर चुप रहा।

—वह तेरा जानी पहिचानी है, तो उसे समझा कि पहिले तो मेरे पास पैसा नहीं है। अगर एकाध पैसा हाथ में आता है, तो उसे अपने घर में ले जाकर नहीं रखता। मेरे घर कोई भी मूल्यवाली चीज नहीं है। एकाध गद्दा होगा जो कि गदहे के अस्तर से भी बुरा है।"

रहीमी कन्द ने कारी इश्कम्बा की नई कहानी को यहाँ तक पहुँचा कर मुझे नसीहत करते हुए बोला :

—ऐसे आदमी के पास न जाना, नहीं तो निन्दा होने लगेगी।

अब मुझे रहीमी कन्द की मुस्कराहट–जो कि असंभव-सी थी–का कारण मालूम हुआ। खुद भी कारी इश्कम्बा के भय और लंबी सूझ पर विचार करके रहीमी कन्द से भी ज्यादा हँसा और ऐसे आदमी से जान-पहिचान करने का ख़याल दिल से निकाल कर चल दिया।

जन्नतमकानी सराय की उस दिन की घटना के बाद कुछ दिन और बीते। इसी बीच में मैंने अपने दिल से कारी इश्कम्बा के ख़याल को बिलकुल निकाल दिया था। एक दिन में कूकलताश-मदरसा के आँगन में एक नमकफरोश की दुकान के कोठे पर बैठा था, इसी समय किसी की छाया मेरे सिर पर पड़ी। मैंने अपने ख़याल को दूसरी जगह से हटाकर उस छाया की तरफ नजर भी नहीं डाली।

"अस्सलामो अलेकुम"–कहते हुए मेरे सिर की तरफ से एक आवाज आई, जिसका उच्चारण कारियों (कुरान पाठकों) की तरह का था।

ऊपर सिर करके मैंने देखा, तो वहाँ कारी इश्कम्बा था। उसके हाथों में खरिका था, जिससे वह दाँत कुरेद रहा था। मैं उसके बेबुनियाद संदेह के कारण उससे बहुत नाराज हो गया था, इसीलिये उसे सलाम का जवाब बड़ी बेमुरौवती से देकर अपने विचारों में डूब गया।

–कूकलताश-मदरसा के आँगन का रंगढंग कितना अच्छा है–कहते हुए वह आकर मेरी बगल में बैठ गया। मैंने उसकी बात का जवाब नहीं दिया।

–कूकल–उसने बड़े मुलायम स्वर में कहा–क्या आपका मुझसे कोई काम था, एक-दो दिन आप मेरे पीछे-पीछे रहे और मेरे घर पर भी गये थे ?

–मैं सोचने लगा, इस शैतान ने अपने घर जाने की बात कहाँ से जानी? और फिर आश्चर्य में पड़ गया। वह मेरा पिंड छोड़ने के लिये तैयार न था। इस पर मैंने कहा–

–मैं जानना चाहता था कि तुम्हारे पास कितना पैसा है, और उसे तुम कहाँ रखते हो। इसके बाद गिजदुवानी चोरों के साथ जाकर।

–मैं जिस आदमी को नहीं पहिचानता, यदि उसके बारे में संदेह करें, तो इसमें अचरज की क्या बात है। लेकिन मैंने पता लगा लिया है कि तुम सच्चे आदमी हो। इसीलिए तुमसे माफी माँगने और तुम्हारे दिल से रंज को दूर करने के लिये तुम्हारे पास आकर बैठा हूँ–यह कहते हुए उसने अपनी आवाज को और भी नरम करके आग्रहपूर्वक कहना शुरु किया :

—आपको बतला देने में कोई हर्ज नहीं है। जैसा कि लोग सन्देह करते हैं, मैं पैसे वाला आदमी नहीं हूँ। अगर चार पैसा बाल-बच्चों के खरच के लिये पाता हूँ, तो उसे भी अपने घर नहीं ले जाता, बल्कि किसी के हाथ में अमानत दे देता हूँ, और जरूरत के वक्त लेकर खर्च करता हूँ। कारी के अन्तिम शब्दों को सुनकर मालूम हुआ कि अब भी उसका सन्देह दिल से दूर नहीं हुआ है। उसके दिल से सारे सन्देह को दूर करने के लिये मैं तैयार हो गया। यद्यपि उससे कोठरी माँगने का ख़याल न जाने कब से अपने दिल से निकाल चुका था, लेकिन तब भी उसके सन्देह को हटाने के लिये मैं उसी बात को बीच में लाकर कहने लगा।

—मेरे पास रहने की जगह नहीं है। सुना कि तुम्हारे पास कुछ जरखरीद कोठियाँ हैं, इसीलिये परिचय न होने पर भी मैं तुम्हारे पीछे-पीछे लगा कि मौका मिलने पर कोठियों के बारे में पूछूँ।

—मेरे पास जरखरीद कोठियाँ नहीं है, बल्कि बाप की मीरास की कोठरियाँ हैं। कोठरी आप को मिल गई, या कि अब भी रहने के लिये मकान नहीं मिला?

—नहीं, अभी नहीं मिला है–मैंने कहा।

—अगर आपको कोठरी मिल जाये, तो क्या रोज आश पकाओगे? उसने बहुत प्रसन्न होकर कहा।

मेरे दिल में आया इसके पास एक कोठरी है, जिसमें रसोईघर भी है, तभी ऐसा पूछ रहा है, इसीलिये मैंने उसको उत्तर देते हुए कहा :

—अगर बिना मोरी और चूल्हे वाली कोठरी भी मिले, तो भी मेरा काम चल जावेगा। मैं आश न पका कर भी काम चला लूँगा।

—लेकिन मेरे पास एक ऐसी कोठरी है, जिसका किराया प्रति दिन घी-सहित दो कटोरा आश-गोश्त देना जरूरी–उसने मजाक के स्वर में कहा। उसके बाद फिर कहने लगा :

—मेरे पास दो कोठरियाँ हैं। उनमें से हरेक को एक-एक मुल्लाबच्चे को इसी शर्त पर दे रखा है। वह रोज दो कटोरा आश-पुलाव पकाते हैं, एक सबेरे और दूसरा शाम को। मैं निश्चित समय पर जाकर उनके साथ आश खाता हूँ।

वह थोड़ी देर चुप रहा, फिर अपने दाँतों को एक बार कुरेद कर कहने लगा :

—कोठरी में रहने वालों में से एक इसी शर्त के अनुसार हर रोज आश (भोजन) तैयार करता है, लेकिन दूसरा कभी नहीं करता और कोठरी में ताला लगाकर खिसक जाता है। अगले ही दिन मैं उसके पीछे पड़ा कि उसको पकड़कर सख्ती से काम लूँ। मिलने पर वह "कल मुझे पैसा नहीं मिला" या "कल मैं मेहमानी में गया था", इस तरह की बहानेबाजी करता है। अब हालत ऐसी हो गई, कि उससे एक काला पैसा भी नहीं मिलने का। इस साल चार बार यही बात हुई।

कारी इश्कम्बा थोड़ी देर चुप रहा, इसके बाद फिर अपने दाँतों को कुरेदकर खाँसा, और मुँह के थूक को कूचे की ओर फेंक कर फिर कहने लगा :

—मैं अभी उसी झूठे किरायेदार के पास से आ रहा हूँ। वह कल भागा हुआ था। आज उसने थोड़े से गोश्त और घी के साथ आश पकाया था। मैंने "अगर ऐसा करेगा, तो तुझे कोठरी से निकाल दूँगा" कह कर फटकारा। अगर आप हर रोज एक आश पका कर मेरी दावत करने के लिये तैयार है, तो ठीक है, मैं उसे निकाल कर कोठरी आपको दे दूँगा।"

मैंने उस आदमी से जान छुड़ाने के लिये जवाब दिया :

—कल मुझे एक आदमी ने एक कोठरी मुफ्त देने का वादा किया है। अगर वह कोठरी हाथ न आयी, तो तुम्हारी कोठरी को लूँगा। प्रतिदिन आश पका कर जियाफत (भोज) करने की कोई बात नहीं हैं, लेकिन यदि मुफ्त में मिले, तो सब से अच्छा।

—ठीक, हरेक आदमी अपने नफे की ओर देखता है। लेकिन मेरी कोठरी बड़ी अच्छी है, उसकी खिड़कियों पर कागज लगे हुए हैं, उसकी लकड़ियों में नक्काशी की हुई है। अच्छा, यदि आपको अपने लिये या अपने किसी दोस्त के लिये कोठरी की जरूरत हो, तो मैंने जो शर्त कही, उसी शर्त पर मेरी कोठरी हाजिर है। कोठरी देने के अतिरिक्त मैं दुआ भी करता हूँ। मैं एक गरीब आदमी हूँ, और जैसा कि लोग ख़याल करते हैं, वैसा पैसे वाला नहीं हूँ।

कारी इश्कम्बा से पहिले-पहल परिचय प्राप्त करने का काम इस तरह खत्म हुआ। उसके बाद कभी-कभी वह कूचे में मुझे मिल जाता, हर वक्त मुझसे पूछता :

—रहने की जगह मिल गई?

—हाँ, मिल गई।

–कोई बेकोठरी वाला आश देने वाला दोस्त भी है क्या?

–नहीं।

इसी तरह की बातचीत कभी-कभी रास्ते में हो जाती।

पुराने जमाने में बुखारा में सौर वर्ष के शुरु होते समय अर्थात् तुला महीने की पहिली तिथि को "शीरबदन" नामक बादशाही चारबाग में "नौरोज" की यात्रा हुआ करती थी। यात्रा में कितने ही भोजनालय भी आते, जो भोजन तैयार करके बेचते। ये भोजन वाले एक खुली जगह पर कतार से चूल्हे खोद उस पर देग चढ़ाते, और ईंधन तैयार करके बैठे रहते। चाहने वाले लोग पलाव की सामग्री ले आकर इन्हीं चूल्हों पर अपने आप पकाते–और देक, चूल्हा और ईंधन के लिये थोड़ा आश दे देते। एक दिन कुछ दोस्तों के साथ मैं भी वहाँ गया। रसोई बनाने का मुझे खास अभ्यास था। मेरी इस सेवा के लिये मेरे दोस्त मुझे दूसरे झगड़ों से मुक्त कर देते।

मेरे दोस्त गोश्त, प्याज, घी आदि तैयार करके सैर करने के लिये चले जाते और मैं पकाने के काम में लगा रहता। मैंने घी को कड़कड़ाकर गोश्त और प्याज को देग में डाल कर तला। सब्जी को गोश्त के ऊपर थोड़ा-सा फैला कर पानी डाल मैं गोश्त के पक जाने की प्रतीक्षा में बैठा रहा। अभी चावल को मैंने उसमें नहीं डाला था, इसी समय कारी इश्कम्बा दिखलाई पड़ा। कोठरी की आवश्यकता है या नहीं, इसके बारे में पूछने और जवाब को "नहीं" में पाने के बाद "आपके दोस्त कहाँ गये"–इसके बारे में पूछा। मैंने अपने दो-एक दोस्तों का नाम बतला दिया।

–सभी अपने ही हैं–कहते हुए, वह मेरे सामने से आगे बढ़ा और रसोईघर में जाकर लोगों के भीतर बैठ गया, जो कि आश के तैयार होने की प्रतीक्षा कर रहे थे। मैंने भी चावल डालकर आश को पका लिया। मेरे दोस्त भी आ गये। इसी बीच में जिस जगह कारी इश्कम्बा बैठा हुआ था, वहाँ आश परोसकर लोग खाने लगे। कारी

इश्कम्बा एक-एक कौर अपने मुँह में डालते वक्त मेरे देग और थाल की ओर निगाह डालकर देख लेता।

हमने भी आश परोसना चाहा। एक-दो पसर आशखाना (रसोईदार) वाले के लिये देग में छोड़ मैं थाल को लेकर अपनी मंडली में आ गया। कारी इश्कम्बा ने जैसे ही देखा कि आश का थाल हमारे बीच में आ गया, वह अपनी जगह से उठा। उस थाल में कुछ कौर आश और भी बाकी है, यह सोचकर झुककर उसने अपने पंजे में आश भर के अपने मुँह में डाला। उसके हाथ से आश का घी चू रहा था, वैसी ही हालत में उसने हमारी ओर निगाह डालते हुए कदम बढ़ाया।

हमारी मंडली में एक तरुण था, जिसका बाप बुखारा के मध्यम दर्जे के बाय (सेठों) में गिना जाता था। वह बाय-बच्चा (सेठ-पुत्र) अब काजी इश्कम्बा से मजाक करने के लिये तैयार हुआ।

जैसे ही कारी इश्कम्बा बिना पूछे पाछे हमारे बीच में आकर बैठा, बाय बच्चा ने उससे कहा :

—कारी चचा, तुम्हारे हाथ से कोई नहीं निकल सका।

—सिला चुनता फिरता हूँ बाय बच्चा, सिला। कारी गरीब आदमी है, बस सिला चुनके गुजर करता है।

—किस के घर में ब्याह है, जो आश खा रहे हो, इस आश को क्या समझ कर खाते हो—बाय-बच्चा ने पूछा।

—यह "अबेरा आश" तुम्हारे लिये है—कारी ने कहा।

निचोड़ने वालों ने आश की हड्डियों को भी निचोड़ लिया था। आश के लिये "लीजिये, लीजिये" शुरु हुआ, लेकिन किसी ओर निगाह न करके सबसे पहिले कारी ने अपने सिर को थाल की ओर झुकाया। फिर न किसी के साथ बात की, और न किसी के सवाल का जवाब दिया। पाँचों अँगुलियों को फैला कर उसमें गोश्त और घी के साथ ओश को उठा कर मुँह में डालना, फिर जरा देर बाद हाथ को थाल की तरफ फैलाना यही उसका काम था। उसके मुँह से निकल कर चावल जहाँ-तहाँ बिखर गये थे। यह हालत देख कर मैंने खाना खाने से हाथ खींच लिया। दूसरों ने भी मन से या बेमन से थाल में हाथ डालकर जहाँ कारी के मुँह का गिरा चावल नहीं था, वहाँ से थोड़ा-थोड़ा लेकर खाया।

जब उसके कंठ तक भर गया और गले से नीचे नहीं उतरने लगा, तो थाल से अपने दाहिने हाथ को बिना हटाये उसने बायें हाथ से कटोरा उठाकर पानी पिया।

–तुम्हें आशखोरी (भोजन) के लिए एक सुंबा की भी आवश्यकता है कारी चचा–मैंने उससे कहा। वह जरा-सा मुस्कराया, लेकिन जवाब में कुछ नहीं बोला। मेरे दोस्तों में से एक ने मुहासे पूछा :

–सुंबा ही इसके लिए जरूरी है?

–गले से आश को नीचे उतारने और उसके भीतर जगह करने के लिये सुम्बा की जरूरत है–मैंने उत्तर दिया।

–सुम्बा की जगह आश के लिए जगह बनाने का काम पानी करेगा–किसी दूसरे ने कहा। अन्त में कारी इश्कम्बा ने हमारे आश को भी खाकर खतम किया, फिर वहाँ से उठ अपने हाथों को लत्ते से साफ करके रसोईघर (आशखाना) से निकल कर चला गया।

मैंने उस वक्त समझा कि उसका शरीर नीचे से ऊपर तक सचमुच ही इश्कम्बा है। यदि इश्कम्बा केवल उसके शरीर में एक स्थान पर होता, तो इतना आश उसमें नहीं समा सकता था।

हमारी मंडली के सभी आदमियों का दिमाग इस बिना बुलाये मेहमान की हरकतों से जला-भुना था। ज्यादा जलने की वजह से मालूम होता है, मेरे दिमाग से धुआँ निकल रहा था। इस तरह की जलन को वही जान सकता था, जिसने बड़ी लालसा से आश पकाया हो, और फिर भूखे रह गया हो, जिस वक्त "अब खायें" कह कर भोजन के लिये तैयार हो, उसी समय आश से महरूम हो गया हो।

"शेरबदन" की घटना से पहिले भी इसी तरह घटना मेरे साथ घटी थी। वह घटना इस तरह हुई थी :

एक साल मेरे कुछ दोस्त मेरे बहुत सिर हुए कि में अपनी कोठरी में अपने खर्च से अपने हाथ से आश पका कर उनकी जियाफत (भोज) करें। पहिले यह बात चाहे मजाक के तौर पर ही शुरू हुई हो, लेकिन धीरे-धीरे आग्रह इतना बढ़ा कि उन्होंने जियाफत करने के लिये मुझे मजबूर कर दिया। लेकिन मेरे पास पैसा नहीं था कि अपने बहुत नजदीक के दोस्तों की इच्छा को पूरी करूँ। दिली दोस्त इसके लिये बहुत जोर

दे रहे थे। इस इच्छा की पूर्ति में जितनी ही देर होती जा रही थी, उतना ही आग्रह भी बढ़ता जा रहा था।

मेरा एक रिश्तेदार एक दिन काराकुली भेड़ों के बच्चों की पोस्तीन बेचने के लिये शहर आया था। पोस्तीनों को बेचने के बाद लौटते समय उसने मुझे पाँच तंगों का इनाम दिया। मैं उन पाँच तंगों की जेब में डालकर अपने दोस्तों के पास गया और उन्हें सूचित किया कि छुट्टी की पहिली रात को इसी हफ्ते मेरी कोठरी में आकर मेहमानी कबूल करें।

उसी दिन सभी पाँच तगों को खर्च करके गोश्त और घी वाला एक अच्छा स्वादिष्ट आश पकाया। सामान इतना जमा कर लिया था, कि सभी मेहमानों के तृप्त होने के बाद भी अगले दिन के लिये एक कटोरा बच रहता।

दोस्त निश्चित समय पर आये। मैंने देग को चूल्हे से उतार कर परोसने का विचार किया, तो उनमें से एक ने कहा :

—हम बिना तुर्बे के नहीं खायेंगे, पहिले उसे ले आओ, फिर आश को परोसो।

मैंने उनकी यह इच्छा पूरा करने के ख़याल से तुर्बा लाने के लिये कोठरी से निकल बाजार का रास्ता लिया। कुछ क्षण बाद तुर्बा लेकर आया तो देखा कोठरी भीतर से बन्द है। ठकठकाया, आवाज दी, चिल्लाया, लेकिन हँसी के सिवाय कोई आवाज नहीं सुनाई दी। गुस्से में होकर बहुत गाली देता रहा, लेकिन मैं जितना गाली देता, उतनी ही दोस्तों की हँसी भी जोर पकड़ती जाती।

मुझे खाने का हक था, क्योंकि उस दिन आश खाने की इच्छा से अपने खर्च से अपनी कोठरी में अपने हाथ से मैंने उसे पकाया था, लेकिन एक टुकड़ा रोटी का भी मैं नहीं खा सका था। भोजन तैयार करने के बाद उससे वंचित होने पर बहुत ठंडे दिलवाले आदमी को भी इससे रंज होता।

अन्त में दरवाजा खुला। देग पीछे की ओर रक्खी थी और ढक्कन उसके मुँह पर पड़ा था।

—क्या मजाक करके दरवाजा बन्द कर दिया, और मेरे लिए आश को देग के भीतर रख छोड़ा है?—कहते हुए मैंने ढक्कन को उठाया। देखा, देग सफाचट्ट और काले आईने की तरह चमक रही है। थाल भी इसी तरह सफाचट्ट चौकी के ऊपर रखा

था। कह सकते हैं, उसे गरम पानी से धोकर सफेद रूमाल से अभी-अभी साफ किया गया था।

अपनी आग उगलनेवाली आँखों से मैंने अपने दोस्तों की ओर जल्दी-जल्दी देखा। उनमें से हरेक आदमी मुँह लम्बा किये अपने दोनों हाथों को छाती और पेट पर रखे हा-हा करके हँस रहा था। उन्होंने अपने पेटों को इतना भर लिया था कि बैठने और जोर से हँसने की भी ताकत नहीं रह गई थी। भूख और मजाक से परेशान मेरा तमाशा उन्हें इतना पसन्द आया कि उन्होंने सारे आश को खा डाला।

उस दिन भी मेरा दिल बहुत जला।

लेकिन अपने दोस्तों[1] की शोखी के कारण दिल बहुत जला हुआ था, क्योंकि उनमें से हरेक को मैं अपना जानी दोस्त समझता था और उन्होंने मेरे साथ ऐसा सलूक किया।

लेकिन "शेरबदन" की यात्रा में यह सारी दिल की जलन जो हुई थी, वह बहुत बुरी लगी। बाय-बच्चा मेरा पुराना दोस्त था और यह सारी आफत कारी इश्कम्बा के कारण हुई। मेरा दिल हद से ज्यादा जल चुका था। बाय-बच्चा धीरे से मंडली से उठ कर रसोईखाना वाले के पास गया। खैरियत यही थी कि देग के किराये के तौर पर जो आश उसके लिये रख छोड़ा गया था, उसे अभी उसने निकाला नहीं था और न किसी के हाथ बेचा था। बाय-बच्चा ने उसे एक तंगा (15 कौपेक) देकर उस आश को देग में से थाल में डालकर लाके मेरे सामने रखा, लेकिन उन लोगों ने जो बर्ताव मेरे साथ किया था, उसके कारण मुझे भूख नहीं रह गई थी। हाँ, यह होने पर भी दोस्तों की खातिर मैंने दो-तीन कौर आश खाया, और दस्तूरखान (के कपड़े) से हाथ साफ करके बाय-बच्चा से कहा :

---

1. इन्हीं मेरे दोस्तों में से एक प्रसिद्ध कवि मुहम्मद सिद्दीकी हैरत था, जो कि 1901 ई० में 27 साल की उमर में तपेदिक से मर गया। दूसरा हमीद खुजाई "मेहरी" था जिसे 1918 ई० में अमीर बुखारा ने मार डाला। तीसरा मीर कादिर "भखदूग" था जो कि 1918 में क्रान्तिकारियों के साथ बुखारा छोड़कर ताशकन्द चला गया और वहाँ टाईफाइड की बीमारी से मरा। चौथा गरम-निवासी था, जिसका नाम मुझे भूल गया और नहीं मालूम वह अब कहाँ है।

–यह परोसा कहाँ से मिला?

–इस आदमी के साथ मेरे संबंध की कहानी बहुत लम्बी-चौड़ी है, किसी दूसरे समय कहूँगा।–अच्छा, मैंने 'नबेरा आश, अबेरा आश' के शब्दों का अर्थ समझा। अगर इसी गुप्त वाक्य का अर्थ खोलकर मुझे बतला, तो मैं तुझे और उसे क्षमा कर दूँगा–मैंने कहा।

–वह आदमी सूदखोर है।

फायदा (सूद) प्रतिशत पैसे को पैसे का बच्चा कहता है, और फायदा के फायदा (सूद के सूद को) नबेरा (नाती) और फायदा के फायदा के फायदावाले पैसे को ''अबेरा आश'' नाम देता है-बाय बच्चा ने यह कहकर और भी कहा:

–जो कोई भी इस आदमी का कर्जदार होता है, अवश्य उसे सूदवाला आश पूरा करके देना पड़ता है। इसके अतिरिक्त वह हर रात या एक रात छोड़कर दूसरी रात कर्जदार के घर जाकर आश खाता है। मैं भी उसका कर्जदार था। कल रात को मेरे घर आकर खाना खाया। मैंने आधे मजाक और आधी गंभीरता के साथ उससे कहा :

–कारी चचा, अपने पैसे के फायदा को कब का तुमने ले लिया, फिर क्यों आकर मेरे आश को खाते हो?

–यह ''नबेरा आश'' है, कहकर उसने जवाब दिया। आज जबकि इस आश के वक्त आकर उपस्थित हुआ, तो कल रात जो ''नबेरा आश'' खाया था, उसी का ''अबेरा आश'' कहकर इसे खाया, अर्थात् कल रात के पैसे के फायदे के फायदे का फायदा वसूल किया।

8

शेरबदन की यात्रा (मेला) की घटना को हुए करीब-करीब 9 महीने बीत गये थे। इसी समय एक रात को शाम के बाद बाय बच्चा मेरी कोठरी में आया। हाल-चाल पूछने के बाद मुझसे बोला :

—मुझे आज रात को कारी इश्कम्बा के पास एक काम है। उसने मुझसे वादा किया है कि उसके घर में 10 बजे रात को मैं मिल सकता हूँ।

—मैंने जैसा सुना है, उससे तो वह रात के वक्त किसी को अपने घर में आने की इजाजत नहीं देता—मैंने उसकी बात बीच से काटकर कहा :

—पहिले तो बात यह है कि यह काम मुझसे ज्यादा उसके फायदे का है, दूसरे यह कि वह मेरे ऊपर विश्वास करता है— यह कहते बाय बच्चा ने अपनी बात को जारी रखते कहा :

—रात को 10 बजे कूचे में चलना बहुत खतरनाक है, विशेषकर आज रात को जबकि बादल छाया हुआ है और बरफ पड़ रही है। ऐसी रात को अकेला जाना मैं ठीक नहीं समझता। अगर तकलीफ न हो तो तुम मेरे साथी बन जाओ।

—तुम्हारे पास नौकर, बाप है, भाई है, क्यों उनको छोड़कर मुझे अपने साथ ले जाने का ख़याल करते हो? —मैंने उससे कहा।

—इसका कारण है—बाय बच्चा ने कहा—मैंने उससे 1 हजार तंगा कर्ज लिया है। वादा के अनुसार आज उस रकम को उसे लौटाना है। मेरा यह काम मेरे बाप को मालूम नहीं है। मेरा भेद रखनेवाला खिदमतगार अब्दुनवी बीमार होकर अपने घर देहात में चला गया है। अगर अपने घर वालों में से किसी और को अपने साथ ले जाऊँ तो रहस्य मेरे बाप पर खुल जायेगा। तुमको इसलिये कष्ट देना चाहता हूँ कि तुम मेरे रहस्य को छिपा रखोगे।

—अच्छी बात है, तुमने क्यों नहीं दिन में ही कारी इश्कम्बा को पैसा दे दिया जो कि अब रात को ले जाकर देना चाहते हो, अथवा कल भी देने से तो हो सकता है?

—यह भी उसी भेद को छिपाने के लिये है। एक बार इस तरह का काम दिन में किया था और मेरा भेद बाप के ऊपर खुलने खुलने-सा हो गया था।

—ऐसा है तो अच्छा कहते हुए मैंने यह भी कहा :

"दोस्तों के लिये मरना उत्सव है" की कहावत मशहूर है, लेकिन कारी इश्कम्बा के घर जाना और उसके मनहूस मुँह को देखना मौत से बदतर है।

—उस जगह विचित्र तमाशे भी देखोगे—कहकर बाय-बच्चा ने मुझे प्रोत्साहन दिया।

X   X   X

हम दोनों निश्चित समय पर चल पड़े। रात में चन्द्रमा नहीं था। इस अँधियारी की ऐसी अवस्था में एक तंग गली में चिराग के बिना चलना मुश्किल था। खैरियत यही थी कि बरफ पड़ रही थी और कूचा धुंधवाले चाँद की तरह सफेद किये हुए थी; इसलिये रास्ता को हम देख सकते थे, और अपने सिर को दीवार से टकराने से बचा सकते थे। अन्त में हम चलकर कारी इश्कम्बा के घर पर पहुँचे। बाय-बच्चा ने मुझसे कह रखा था कि दरवाजा खुलने के समय तक न अपने पैर की आहट न मुँह की आवाज को निकालना, नहीं तो वह बेगाने आदमी के सामने रात को अपना दरवाजा नहीं खोलेगा।

बाय-बच्चा ने दरवाजा खटखटाया। थोड़ी देर बाद "कौन है?" की आवाज भीतर से आई।

यह आवाज कारी इश्कम्बा की थी।

–मैं दोस्त हूँ, कारी चचा, दरवाजा खोलो–बाय-बच्चा (सेठ-पुत्र) ने जवाब दिया।

कारी इश्कम्बा ने दरवाजा खोल दिया, लेकिन बाय-बच्चा के पास में एक दूसरे आदमी की छाया को देखकर "ए बाय" कहकर अपने को पीछे खींच लिया और चाहा कि किवाड़ को भेड़ दे। लेकिन बाय-बच्चा ने ऐसा करने नहीं दिया, और अपनी बाँह से किवाड़ को पकड़कर एक पैर देहली के भीतर रखकर :

–कारी चचा, मत डरो, यह मेरे आदमी है–कहते हुए तसल्ली दिया, फिर मुझे आवाज दी :

–भीतर आ जाओ।

हम दोनों भीतर चले गये। जगह बहुत तंग थी। एक छोटा-सा दरवाजा घर के भीतर की ओर भी खुलता था। कूचावाले दरवाजे के सामने एक सीढ़ी थी जिसके ऊपर भी एक-एक पल्ला दरवाजा लगा हुआ था।

कारी इश्कम्बा ने सीढ़ी के दरवाजे को खोलकर ऊपर जा हमें भी ऊपर आने के लिये कहा। हम भी सीढ़ी के अँधेरे को हाथ से टटोलकर ऊपर पहुँचे।

ऊपर एक तंग मकान था, जिसके ऊपर कुछ तंग-सी जगह थी। इस छोटे मकान की एक ओर दो दरवाजा वाला बालाखाना (कोठा) था। सीढ़ी के किनारे से बालाखाना तक एक बराण्डा था, जिसके कारण रास्ते में बरफ और बरसा नहीं पड़ती

थी। कारी इश्कम्बा ने आगे जाकर बालाखाने के दरवाजे को खोला। हम भी उसके पीछे-पीछे वहाँ पहुँचे। कारी इश्कम्बा बालाखाने के भीतर जाकर बोला :

—कृपा कीजिए।

हम भी बालाखाने में गये, लेकिन अँधेरे के कारण बैठने की जगह न मालूम हो सकने से खड़े रहे। कारी इश्कम्बा भुनभुनाता हुआ मेहमानखाने की ओर खिसिर-खिसिर करता जा रहा था।

—क्या काम कर रहे हो, कारी चचा?—बाय-बच्चा ने उससे पूछा।

—लम्प को ढूँढ़ रहा हूँ, पा गया—यह कहकर उसने फिर कहा :

—दियासलाई है आपके पास?

—मेरे पास नहीं ह—बाय-बच्चा ने कहा। पीछे अपनी जेब को ढूँढ़ मैंने कहा :

—मेरे पास भी नहीं है।

—कारी इश्कम्बा ने अपने पैर को बालाखाने के फर्श पर धमधमाया।

—क्या कर रहे हो कारी चचा, क्यों पैर धमधमा रहे हो?—बाय-बच्चा ने उससे कहा :

—इस बालाखाने के नीचे भीतर बैठक है। धमधमाने से भीतर से कोई आयेगा—कारी इश्कम्बा ने कहा।

सचमुच ही बहुत देर नहीं हुई कि सीढ़ी की ओर से पैर की आहट सुनाई पड़ी।

—अपने चिराग को ले आ, उससे मैं इस चिराग को जलाऊँगा—कारी इश्कम्बा ने सीढ़ी के नीचे खड़े किसी व्यक्ति से कहा।

उस व्यक्ति के पैर की आवाज नीचे की ओर जाती सुनाई पड़ी।

—चिराग जलाने के लिये दियासलाई क्यों नहीं माँगी, क्यों चिराग माँगा?— बाय-बच्चा ने उससे कहा।

—हिसाब के ख़याल से, शायद किसी रात मेरे घर में एक तीली दियासलाई खर्च हो जाय, चूल्हे या चिराग के लिये कहीं वह दूसरी तीली न खर्च कर दे—कारी इश्कम्बा ने कहा, फिर जरा देर चुप रहकर कहना शुरु किया :

—लोग ख़याल करते हैं कि मेरे पास जो चार पैसा-पाँच पैसा है, उसे मैंने फायदाखोरी (सूदखोरी) से पाया है। यह गलत है। मेरे पास जो कुछ है, वह मितव्ययिता से पैदा हुआ है। कहावत है "चूल्हे का खर्च, हिन्दुस्तान की सौदागिरी"।

—अगर बालखाना पर लाते वक्त लम्प का शीशा टूट जाय, तो “कंजूस का खर्च दुगना” हो जायगा—मैंने कहा।

—शीशा टूटने का नुकसान उस आदमी को होगा जिसके पास कि वैसा लम्प हो-कारी इश्कम्बा ने जवाब देते हुए कहा :

—इसीलिए मैंने बालाखाने के अपने लम्प को जलाने के लिये नहीं भेजा, बल्कि भीतर से लम्प लाने के लिये कहा।

—भीतर का लम्प किसका है?—मैंने आश्चर्य करते हुए पूछा।

—मेरी बीबियों का है कारी इश्कम्बा ने कहा मेरी बीबियाँ टोपी सिलाई करती हैं। इस नेहनत से जो कुछ भी लाभ होता है, वह उनका माल है। इसीलिये सौदागिरी कायदे के मुताबिक टोपी सीने के लिये इस्तेमाल किये जाने वाले लम्प को वह अपने पैसे से खरीदती है। मेरे लिये घर के भीतर न लम्प की जरूरत है, न रोशनी की।

—यह बात है! तब तुम जो अधिक दाम पाने के लिये इतनी जहमत उठाते हो, क्या वह सब अपनी बीबियों के ही लाभ के लिए? मैंने उससे कहा और इस तरह टोपीवाले की दुकान की घटना की ओर संकेत किया।

—नहीं, वह सारी कोशिश मैं अपने फायदे के लिये कर रहा था—मेरी औरतें जो टोपियाँ सीती हैं, मैं उन्हें थोक फरोश के दाम पर लेता हूँ। उसके बाद टोपी बाजार में ले जाकर अपने दोस्तों को दे देता हूँ कि वह खुदरा भाव में बेचकर मुझे पैसा दे दें। मैं उस पैसे में से थोकफरोशी दाम के अनुसार अपनी बीबियों को देता हूँ, और जो बच जाता है, वह मेरा हलाल होता है।

इसी बीच में किसी ने लाकर लम्प को सीढ़ी के ऊपर रख दिया। कारी इश्कम्बा ने बात खतम कर लम्प को ले आकर बालाखाना की देहली के ऊपर रखा। फिर लम्प की रोशनी को कुछ थोड़ा नीचा करके अपने आस्तीन से पकड़कर घर के भीतर ला रखा। इसके बाद एक टुकड़ा नमदा का चीथड़ा लेकर अपने लम्प को पास रख घर के भीतर से आये चिराग से बाल कर फिर लम्प को सीढ़ी के पास रख, अपनी लम्प को ले आकर चौकी के ऊपर रख दिया।

लम्प बहुत मन्द था, तो भी हम उसके प्रकाश में घर के भीतर की चीजों को देख सकते थे : बालाखाने के फर्श पर एक बहुत ही पुराना और अत्यंत गंदा फर्श बिछा हुआ था। चौकी के ऊपर एक लबादा था, जो कि कारी के अपने कहने के अनुसार

गदहे के अस्तर से फर्क नहीं रखता था, लेकिन चौकी (संदली) के ऊपर बिछाया हुआ गद्दा उससे भी ज्यादा खराब था। वह जख़मी गदहे या कि बयाबानी ऊँट के पीठ ढाँकनेवाले कपड़े को भी गन्दगी में मात कर रहा था।

—कृपा कीजिये, बिराजिये–उसने हमसे कहा। फर्श की गन्दगी देखकर हम अब भी वहाँ खड़े थे।

हम अपने कपड़ों को अच्छी तरह पकड़कर सन्दली के किनारे बैठे। हमने अपने पैरों को सन्दली के नीचे फैलाया, तो मालूम हुआ जैसे बरफ के ढेर में पैर डाल दिया, इसीलिये फिर पैरों को खींचने के लिये मजबूर हुए।

—सन्दली के नीचे बरफ का अम्बार जमा कर दिया है क्या?–बाय-बच्चा ने उससे कहा।

—क्या ऐसे मौसिम में तुम्हारा पैर ठंडा हो गया है?–कारी इश्कम्बा ने कहा– बाय-बच्चों का पैर नाजुक होता है न?

मैंने कहा–देहाती मुल्ला-बच्चे का पैर भी बेकार हो गया है। इस तरह के जाड़े के समय जब कि बाहर पड़ रही बरफ जूते के भीतर भी आ जाती है, अगर कूचे में चले तो हाथी का पैर भी ठंडा हो जाता है–कूचे में जाकर जरा एक चक्कर तो लगा आओ।

—मैं अभी कूचे से ही आया हूँ, और कितनी सड़कों पर फिरा हूँ, कुछ जगहों में मैंने आश खाया, कुछ जगहों में चाय पी, अगर बाय-बच्चा के साथ वादा न किया होता तो कुछ और घरों में भी जाकर आश खाये रहता।

—तुम अपने घर में आश कभी नहीं खाते?–मैंने पूछा।

हर्गिज नहीं–उसने कहकर यह भी कहा :

—जब दोस्तों के घरों में आश तैयार है, तो फिर क्यों अपने घर में देग और धुआँ करें हजार मेहनत से जिस पैसे को पाया है, उसे क्यों खर्च करें? कहावत है "लोगों के घर में प्राण, न पाने की फिकर, न ईंधन का गम"–उसने कहा। फिर थोड़ी देर ठहरने के बाद कहना शुरु किया :

—झूठ नहीं कह रहा हूँ, साल में दो बार अपने घर में भी आश खाता हूँ।

—मुझे विश्वास नहीं है–बाय-बच्चा ने कहा–मुझे विश्वास नहीं है कि तुम पैसा खर्च करके अपने घर में आश पका के खाओगे।

–पैसा खर्च करके आश पकाकर खाने की बात नहीं है–जवाब देते हुए उसने फिर कहा :

–मेरी औरतें साल में दो बार मुहर्रम और रजब के महीनों में कारियों को बुलाकर अपने खर्च से अपने बापों की आत्माओं के लिये कुरान-पाठ कराती हैं, और उनके लिये आश भी पकाती हैं। चूँकि मेरे घर में वैसा कायदा नहीं है, इसलिये दस्तुरखान और आश को कारी लोगों के पास मैं खुद ले जाता हूँ, उनके साथ बैठकर मैं भी खाता हूँ।

तुम स्वयं कैसे कारी हो? स्वयं क्यों नहीं कारी हो जाते? क्यों अपनी बीबियों के पैसे को बेगानों के हाथ में जाने देते हो? क्यों नहीं स्वयं कुरान-पाठ करके उनके पैसे को नहीं लेते?

–मेरी औरतें इसे स्वीकार नहीं करती। कहती है "तुम खुदा को भी धोखा दे सकते हो, क्या जाने कुरान को बिना पढ़े ही पैसा ले लो"–कारी इश्कम्बा ने यह कहकर अपनी बात जारी रखी :

–लेकिन मुझे भी इसका रास्ता सूझ गया : मेरी बीबियाँ हर कारी कुरानपाठी को 7 तंगा करके तीनों कारियों के लिए 21 तंगा कागज में लपेटकर "कारी लोगों को ले जाकर दे दो" कहकर मेरे हाथ में देती थीं। मैं रास्ते में हर कागज में से दो तंगा निकालकर अपनी जेब में डाल लेता, कारियों को 5 तंगा के हिसाब से मिलता और मुझे 6 तंगा।

अर्थात् "6 तंगा चुरा लिया" क्यों नहीं कहते–बाय-बच्चा ने कहा।

–यह काम कैसे चोरी हो सकता?–कुछ गरम होकर कारी इश्कम्बा ने कहा–मैं बाहरी कारियों को अच्छी तरह और ज्यादा कुरान पढ़कर मृतात्माओं को क्षमा करा सकता हूँ। मेरे इस काम को यह मूर्ख स्त्रियाँ नहीं जानती, उसे तो खुदा ही जानता है।

–कारी चचा, बाय-बच्चा ने उससे कहा–अगर पैसे की आशा रखते हो, तो जाकर अँगीठी जलाकर ले आओ, जिससे बरफ हुए अपने हाथों और पैरों को जरा-सा हम गरम करें।

कारी इश्कस्बा ने अपनी जगह से उठकर फिर बालाखाने के फर्श को धबधबाया। हवेली के भीतर से कोई सीढ़ी से ऊपर आया।

–भीतर से सन्दली से एक अँगीठी उठा ला–कारी ने उस व्यक्ति से कहा।

कुछ क्षणों बाद सीढ़ी के ऊपर अँगीठी दिखलाई पड़ी। कारी इश्कम्बा जाकर अँगीठी उठा लाया। उसके भीतर बहुत सारी राख भरी हुई थी। उस राख भरी अँगीठी को ले आकर कारी ने सन्दली के भीतर रखा।

—अँगीठी की राख को खाली क्यों नहीं दिया?—मैंने पूछा।

—क्या खास मतलब है?

—पीछे समझोगे।

—हमने अपने पैरों को राखभरी अँगीठी की ओर बढ़ाया, चाहे उसमें कितनी ही कम गरमी हो, लेकिन धीरे-धीरे उसने बरफ को पिघलाना शुरु किया।

—आपकी सन्दली भी बरफदान मालूम होती है, अब वह बरफदान से बरफ-पानीदान बन गई—मैंने उससे कहा।

—कोई हरज नहीं है, मेरे घर से आपका दिल जरा ठंडा पानी बनकर जायेगा—यह कहते हुए उसने फिर पहले के सन्देह की ओर इशारा किया।

—जल्दी बही लाओ, अपना हिसाब ठीक-ठीक करो, जिसमें कि हम यहाँ से चलें, नहीं तो इस जगह बरफ बनकर आदमी मौत के मुँह में जाये बिना नहीं रहेगा—बाय-बच्चा ने कहा।

कारी इश्कम्बा अपनी जगह से उठकर बाय-बच्चा को इशारा करके अपने छोटे मकान की ओर ले गया। बाय-बच्चा ने भी अपनी एक आँख को बन्द करके मेरी ओर निगाह किया और पैर धमधमाते हुए वह उसके साथ बाहर चला गया। दोनों कुछ देर तक फुसफुसाते रहे, कारी इश्कम्बा सीढ़ी से उतरकर चला गया और बाय-बच्चा मुस्कराते हुए लौटकर मेरे पास आया।

—क्या बात हुई?—मैंने बाय-बच्चा से पूछा।

—कोई बात नहीं, सूदखोर की यही आदत है—यह कहते बाय-बच्चा ने कारी इश्कम्बा को दुहराया :

—वह कहता है : "मैं तुमसे रात को पैसा लेकर बेगाना आदमी के सामने अपने घर में नहीं रख सकता। मैं जाकर एक आदमी को बुला लाता हूँ। फिर तुझसे पैसा लूँगा और तुम्हारे साथ ही बाहर चलूँगा। तुम अपने जाने की जगह जाना, और मैं बुला लाये आदमी के साथ अपनी जानी हुई जगह में ले जाकर पैसा रख आऊँगा, जिसमें तुम्हारा साथी यह संदेह न करे कि मैं पैसा घर में रखता हूँ।"

किसी आदमी के सन्देह का इस सीमा तक पहुँचना अवश्य एक पागलपन की बीमारी है। पागल से कोई रंज नहीं करता, इसलिये चाहे उनका यह बर्ताव पहिले मुझे बुरा लगा था, लेकिन जल्दी ही दिल से निकल गया, और इसीलिये जिस अजाब में वह था, उसके लिये मैं उस पर दया करने लगा। दो क्षण बाद कारी इश्कम्बा फिर लौट आया। उसे अकेला आया देखकर बाय-बच्चा ने कहा :

—क्या तुम्हें आदमी नहीं मिला?

—अभी नहीं गया। एक जरूरी काम याद आ गया, इसीलिये रास्ते से लौट आया—कारी ने यह कहते हुए फिर कहा :

—तुम दोनों एक-दूसरे को अच्छी तरह पहचानते हो, और एक-दूसरे की आवाज को अन्धेरे में भी सुन सकते हो। इस वक्त तो बातचीत करने के सिवाय और कोई काम भी नहीं है, जिसके लिये कि यह चिराग आवश्यक हो। इसलिये मैं लम्प को ले जा सीढ़ी के ऊपर बुझाकर रख देता हूँ, जब फिर मैं आऊँगा तो उसे जला लूँगा, और रोशनी में हिसाब ठीक-ठीक कर लेंगे। ठीक है न?

हम हँसने लगे। लेकिन हमारी सम्मति या असम्मति की ओर कुछ भी ख़याल न करके लम्प को ले आकर सीढ़ी के मुँह पर रख फूंक करके उसे बुझाकर वह जीने से उतरकर चला गया।

जरा चुप रहकर मैंने बाय-बच्चा से कहा—ठीक, क्योंकि हम एक-दूसरे के परिचित हैं, और एक-दूसरे की आवाज को पहिचानते हैं, इसलिये अँधेरे में भी सुन सकते हैं, बातचीत के लिये चिराग की जरूरत नहीं है, फिर हम क्यों चुप रहे?

—ऐसा ही सही, तो कोई गप करें—उसने कहा।

—मैं पहिले तुमसे यही पूछता हूँ कि जब तुम्हारे पिता जिन्दा है, सारी जायदाद उनके नाम से है, तो तुम क्यों कर्जदार हुए और सूदखोरों से लेन-देन करने के लिए मजबूर हुए ?

—चूँकि मैं, तुम्हें अपना भेद गोपन करने वाला मित्र समझकर यहाँ लाया हूँ, इसलिये अच्छा है, यदि मैं अपने सारे भेदों को ही तुम्हारे सामने कह दूँ यह कहते हुए बाय-बच्चा थोड़ी देर कुछ सोच करके फिर बोला :

—जानते हो, कि मैं बाप के साथ एक दुकान में बैठता हूँ। बाप लिखना-पढ़ना नहीं जानता, इसलिये सारा हिसाब-किताब मेरे हाथ में है। मैं जब-तब बाप से छिपाकर

दुकान के पैसे को खुद खर्च कर देता हूँ। तो कभी-कभी यह खर्च पाँच-पाँच सौ-हजार तंगा तक पहुँच जाता है। इसी खर्च के लिये कभी-कभी लेन-देन करने की आवश्यकता होती है। उसी वक्त मैं पैसा कर्ज लेकर हिसाब को बराबर कर देता हूँ, नहीं तो मेरा भेद खुल जाय। पीछे दुकान से पैसा जमा करके कर्ज को अदा कर देता हूँ।

—ठीक, यह सब बाय-बच्चा की जिन्दगी में होता ही है। लेकिन तुम क्यों इस महापातर (मुर्दा का दान लेने वाले) से कर्ज लेते हो? क्यों नहीं किसी सूदखोर या हिन्दू से कर्ज लेते?

महापातरी में सभी सूदखोर और हिन्दू बराबर हैं। इस आदमी में और उनमें इतना ही फर्क है कि अगर एकाध तंगा सूद ज्यादा दे दूँ, तो यह मेरे भेद को खुलने नहीं देता।

कारी इश्कम्बा जिस आदमी को लेने गया था, उसके साथ लौट आया। सीढ़ी के मुँह पर आकर उससे दियासलाई के बारे में पूछा। अगर किसी आदमी के पास दियासलाई हो तो वह उससे लम्प को जलाता था।

कारी इश्कम्बा लम्प को हाथ में लेकर घर के भीतर आया और उस आदमी ने भी उसके पीछे-पीछे आकर हमको सलाम किया। हमने चिराग की रोशनी में उसको देखा, वह कफकाज सराय का सरायबान था, "कफकाज-मिर्करी कम्पनी" में काम करता था।

कारी इश्कम्बा सन्दली पर लम्प रखकर घर के भीतर जा बही उठा लाया। बाय-बच्चा ने अपनी कमर खोलकर 150 रूबल का रूशी कागजी नोट—जो कि बुखारा के 100 तंगा के बराबर होता था—निकाल कर उसके सामने रखा। उसके बाद अपनी जेब में से 25 तंगा (15 तीना) गिन-गिन कर "यह उसका बच्चा है", कहते हुए उसके सामने रख दिया।

कारी इश्कम्बा ने पैसे को अलग-अलग गिनकर देखा और नोट को चिराग के सामने फैलाकर उसके भीतरी चिह्नों पर निगाह करके अपनी भीतरी जेब में डाल दिया। इसके बाद अपनी बही में लिखा और बाय-बच्चा को पाने की रसीद दे दी।

—हम चलने के लिए उठे।

—जरा-सा सब्र करें, मैं भी साथ चलता हूँ—कारी हश्कम्बा ने कहा। फिर एक हाथ में अपनी बही और दूसरे हाथ में सन्दली के नीचे से राख भरी अँगीठी को, जिसकी आग करीब-करीब बुझ चुकी थी, उठाया।

–इस राख को क्या करोगे?–मैंने उससे पूछा।

–यह अभी बिलकुल राख नहीं हुई है, इसमें आग है, ले जाकर भीतर की सन्दली के नीचे रख दूँगा। अगर अँगीठी में बिना रखे सन्दली नीचे रखे होता, तो अवश्य अब तक बुझ गई होती। हाँ, अब शायद तुम इस चतुराई का मतलब समझते होंगे।

कारी हशकम्बा बही और अंगीठी को हवेली के भीतर रखकर निकल आया और ''चलिये'' कहते हुए उसने हमें आवाज दी।

सरायबान ने लम्प को उठा लिया और हम उसकी रोशनी में सीढ़ी से नीचे उतरे। कारी इश्कम्बा ने सीढ़ी के ऊपर रखकर लम्प को बुझाने के लिये कहा। हम गली में आ गये। कारी भी सरायबान के साथ निकल आया था। हमारे पीछे भीतर से दरवाजा बन्द हो गया।

हम सभी जूते और बूट बेचने वालों की सड़क पर साथ-साथ गये। वहाँ से कारी इश्कम्बा सरावबान के साथ खूजा मुहम्मदी परिने के ताक की ओर गया और हम केमुख्तगरान की नहर की तरफ। अभी भी बरफ पड़ रही थी, अब वह गली में घुट्टी भर से ज्यादा हो गयी थी।

9

कारी इश्कम्बा के बारे में मैं काफी जान गया था। बाय-बच्चा की बात भी बीच में आ गई, इसलिये यह उचित है कि उसके बारे में कुछ ज्यादा कहूँ : बाय-बच्चा से मेरी जान पहिचान स्वर्गीय शायर मुहम्मद सिद्दीकी ''हैरती'' के द्वारा हुई, जो कि मेरा एक दिली दोस्त था और मेरे पास मीरास रखे हुए था। बाय-बच्चा बुरा नौजवान नहीं था और हमारे जैसे देहाती असंस्कृत मुल्ला-बच्चों के साथ बुखारा के दूसरे बाय-बच्चों की तरह अपने को बड़ा दिखलाते हुए अभिमान नहीं करता था। हमारे साथ उसका स्नेह और आना-जाना था, इसलिये दूसरे बाय-बच्चों का साथ छोड़े हुए था। बाय-बच्चा का बाप एक दूसरे ही ढंग का आदमी था। वह अनपढ़ था, अपनी निरक्षरता को–सबसे, यहाँ तक कि अपने बेटे के बहुत नजदीक के हम-जैसे दोस्तों से

भी छिपाता था। किसी समय मैं उसकी दुकान के पास की सड़क से जा रहा था, उस वक्त लड़का जब दुकान में नहीं रहता और कोई चिट्ठी कहीं से आयी होती, तो मुझे आवाज देकर कहता :

—कृपा कीजिये, एक प्याला चाय पीजिए।

मैं उसकी दुकान पर बैठ जाता। वह उस खत को लाकर मेरे हाथ में देता। मैं खत पर एक नजर डालते हुए पूछता :

—पढ़ दूँ क्या?

—नहीं, सभी पढ़ने की आवश्यकता नहीं। मैंने खुद पढ़ा है, लेकिन कुछ जगहों पर साफ पढ़ा नहीं जाता, आँखों ने मुझे बूढ़ा बना दिया है, उन्हीं जगहों को जरा मुझे समझा दीजिये।

उसने एक पंक्ति को छोड़ करके, जहाँ से कि आदमी असली बात लिखने लगता है, उस स्थान को दिखलाया। मैं खत को पढ़ देता, अगर उतने से अभिप्राय स्पष्ट नहीं होता, तो कहता "जरा इसके ऊपर पढ़िये।" उस अभिप्राय को समझ जाने पर फिर दूसरी जगह को बतला कर वहाँ पढ़ने को कहता। इसी तरह से कभी नीचे से कभी ऊपर से पहिले की कुछ पंक्तियों को छोड़कर सारे खत को पढ़वा लेता। पहिली पंक्तियों को पढ़ने की आवश्यकता नहीं थी, क्योंकि वहाँ केवल दुआ और सलाम लिखा जाता था।

वह मुल्लातराश (पंडिताई दिखाने वाला) था। जब दुकान के काम से कुछ छुट्टी रहती, तो मुल्ला को दुकान पर बुलाकर उनके साथ दीनी मसलों (धार्मिक सिद्धांतों)— जो कि उसकी जीभ की नोक पर रहते थे—को बीच में रखकर उनसे शास्त्रार्थ करता। कभी-कभी मुझे भी उसी तरह बुलाकर इस तरह के मसलों पर शास्त्रार्थ में घसीटना चाहता। लेकिन मैं "वक्त नहीं है" या "मन नहीं है" कहकर चला जाता।

वह मेरे इस जवाब से मजाकिया तौर से मुस्कराते हुए ताना देता :

—"शेख को विद्या नहीं है, खानकाह (मठ) तंग है" और इसके बाद नसीहत करने लगता :

—तुम दमुल्ला "जुजियात" (गौण काव्य आदि) में डूब रहे हो, तुमने मुख्य बातों को छोड़ रखा है। तुम शेरख्वानी और शेरगोई (कविता-पाठ) में बहुत मत फँसो। कौन-सा शायर बाय (सेठ) हुआ कि तुम भी (सेठ) बनोगे।

वह शेखतराश (संतों की नकल करने वाला) और तकवाफुरोश (पुण्यात्मा बनने का ढोंगी) था, चाहता था कि उसका हर कदम शरीयत (धर्मशास्त्र) के अनुसार पड़े। पाखाना की ओर जाते वक्त बायें पैर को पहिले रखना, मस्जिद या घरों में जाते वक्त दाहिने पैर को पहिले रखना जैसे सदाचारों को कभी नहीं भूलता था और दूसरों को भी अपनी शिक्षा देता था। अपने पुत्र को भी वह बड़ी कड़ाई के साथ हिदायत करता कि हर वक्त शरीयत के मुताबिक आचरण करें, यहाँ तक कि चिलम (हुक्का) पीने को भी मना करता था, जो कि उस समय बुखारा में करीब-करीब आम बात हो गई थी। लेकिन उसका लड़का बाप से छिप-छिपकर केवल चिलम (हुक्का) ही नहीं, बल्कि शराब भी पीता था, जो कि उस समय बुखारा में अत्यन्त निषिद्ध थी।

वह अपने खर्च में बड़ी मितव्ययिता से काम लेता था और सभी खर्च अपने हाथ से करता था। अपने बेटे को बहुत कड़ाई के साथ मना किये था कि घर या गली में एक भी काला पैसा न खर्च करे। उसका लड़का साल में दो बार पिता की आज्ञा से खुलकर मेहमानदारी करता था। इसमें से एक शहर के बाहर उसके बाग में होती और दूसरी शहर के भीतर जबकि गुलसुर्ख (गुलाब) के मेले का समय होता—मेला संत बहाउद्दीन के मजार पर लगता। इन मौजों में बाय (सेठ) की सम्पत्ति से जिन मेहमानों को निमंत्रित किया जाता, उनकी संख्या पाँच या छह से ज्यादा न होती, जिनमें दो बाय के अपने छोटे बच्चे और एक उसका खिजमतगार भी होता। लेकिन बाय-बच्चा चुपके से अपने सभी दोस्तों को निमंत्रित कर लेता।

मौज के दिन जितने आदमियों के निमंत्रित होने की खबर होती, उनके लिये बाय अपने घर से घी, चावल और घर की बनी रोटी लाकर देता। कुछ गोश्त, सब्जी और प्याज को भी बाजार से खरीद कर दे देता। सवारी के लिये अपने तांगें में घोड़ा जोतवाता और अपने दोनों लड़कों को कान पकड़कर हुक्म देता कि अपने आका (बड़ा भाई) के सभी छिपे कामों और ज्यादा खर्च का पता लेकर मुझे बतलाना।

इस तरह के भोजों में आने वाले मेहमानों में मैं भी प्रगट मेहमान होता था। भोजन की चीजों को खुर्जी में डालकर ताँगे पर सवार हो चल पड़ते। जैसे ही शहर से बाहर आते, वैसे बाय-बच्चा एक्के को रास्ते के एक तरफ खड़ा करके अपने छोटे भाइयों से पूछता :

—फिटन पर सवारी करना चाहते हो?

–चाहते हैं, चाहते हैं।

–इसी शर्त पर फिटन लाऊँगा कि किसी काम की खबर पिता को नहीं देना, चाहे कितना ही पूछे, कोई बात न बतलाना ।

–नहीं कहेंगे, नहीं कहेंगे।

बाय-बच्चा अड्डे पर जाकर जोड़े घोड़ों वाली दो फिटनें ले आता। हम उन फिटनों पर सवार होकर चलते और इक्के पर हमारी जगह घर से लाई खाने की चीजें और ऊपर से खरीदी तरह-तरह की खाद्य-वस्तुयें रखकर भर देता।

जब हम भोज के स्थान पर पहुँचते, तो छिपे मेहमान भी हमारे पीछे-पीछे फिटनों पर सवार होकर वहाँ पहुँचते। उन फिटनों का भी किराया बाय-बच्चा देता, इसे कहने की आवश्यकता नहीं। इधर बाय अपने दिल में यह समझकर खुश होता कि मेरा लड़का भोज को कितने ही सालों से जितने खर्च में करता आ रहा है, उसी तरह कम खर्च में करता होगा।

X   X   X

हेमन्त का चालीसवाँ था। सरदी बहुत सख्त थी। बुखारा में आमतौर से बारिश कम होती है। हम जिस रात को कारी इश्कम्बा के घर पर गये थे, उसके एक हफ्ते बाद बरफ बहुत पड़ी। बुखारा के लोगों ने अपनी तंग हवेलियों की छतों पर पड़ी बरफ को दिन में दो-तीन बार ढकेल कर गली में गिरा दिया था। बरफ शहर की तंग गलियों में जमा होकर कोठों तक पहुँच गई थी। हरेक आदमी अपने घर के सामने की बरफ को बेलचा से काट कर सीढ़ी बना उससे बाहर निकलता था। मेरे पास उस समय उतना गर्म कपड़ा भी नहीं था, बुखारा के पाठ के अन्तिम दिन मंगल को पढ़ने न जा कोठरी का दरवाजा बन्द करके सोया था। दिन के 10 बजे थे, इसी समय दरवाजे से टकटक की आवाज आयी। खोला, देखा वहाँ बाय (सेठ) था। मुझे बड़ा आश्चर्य हुआ, क्योंकि वह मेरी कोठरी में कभी नहीं आया था। वह इतना हड़बड़ाया था कि "कृपा कीजिये, पधारिये" कहने की जगह बोल उठा :

–हाँ, क्या बात? जरा-सा अपना कदम मेरी हवेली में ले चलिये।

"अच्छा" कहकर मैं उसके साथ चल पड़ा। बाय रास्ते में कुछ नहीं बोला। मेरे पास भी कहने के लिये कोई बात नहीं थी। हम चुपचाप राह चलते गये। बाय के रंग-ढंग से मालूम होता था कि उसके सिर पर कोई बहुत बुरी बात पड़ी है।

हम उसकी हवेली में गये। उसने अपने मेहमानखाना को खोल दिया। मैं सन्दली1 में बैठकर अपने पैरों को आग से सेकने लगा। बाय ने घर के भीतर जा मेरे लिये चाय और रोटी लाके सन्दली पर रखा।

बाय के साथ हम चाय पीने में लगे। बाय अब भी कुछ नहीं बोला। उसकी बाहरी हवेली में उसके सिवाय और कोई नहीं था। अन्त में चुपचाप बैठने से आजिज आ मैंने खुद ही पूछा :

—आपके पुत्र कहाँ हैं?

—दूकान में हैं–कहते हुए उसने बात आरम्भ की :

मैं चूँकि यहाँ हूँ, इसलिये उसका दुकान में रहना जरूरी है, रोज-रोज दुकान को बन्द नहीं रखा जा सकता।

—इस वक्त बाजार के गरम होने के समय आप क्यों दुकान छोड़ कर घर आ गये?

—आपके साथ एक काम है।

मुझे चिन्ता होने लगी, मेरे साथ क्या काम होगा। अब तक किसी काम के लिये उसने मुझे नहीं बुलाया था। चिट्ठी पढ़ने का एक काम होता था, जिसे कि लड़के के न होने पर और मुझे रास्ते से बुला कर पढ़ा लेता। क्या अपने लड़के की फजूलखर्ची का तो पता नहीं लग गया, और मुझे नजदीक का दोस्त समझ कर उसके बारे में पूछना चाहता है? अगर उसके बारे में पूछेगा, तो क्या जवाब दूँगा? अगर सच्ची बात कहूँगा तो दोस्त के साथ विश्वासघात होगा, अगर छिपाऊँगा तो झूठ होगा–इस प्रकार की चिन्ता में डूबे मैंने पूछा :

—मेरे साथ क्या काम है?

—एक काम है, नहीं जानता कि कीजियेगा या नहीं?

—अगर कर सकता हूँ, तो करूँगा।

—यह काम केवल आपके ही करने से हो सकता है।

—अच्छा, कृपा कीजिये, काम को बतलाइये।

—मेरा काम यही है कि जरा आप वाबकन्द तुमान (परगना) के रोजमाजी गाँव में जाकर आइये।

—शहर से रोजमाज मेरी कोठरी से आपकी हवेली जितना दूर नहीं है कि आदमी एक साँस में जाकर लौट आये। वह शहर से चार पत्थर (फरसख) दूर है और खासकर इस तरह के मौसिम में वहाँ जाकर आना आसान नहीं है।

—पैदल मत जाइये, मैं चारजामा कसकर अपना घोड़ा आपको देता हूँ।

—मेरी पोशाक भी पतली है और बरफ बहुत पड़ रही है, पहिनने के लिये मेरे पास चकमन या बाहरी चोंगा नहीं है।

—मैं आपको अपना बाशमाई चकमन देता हूँ, जो न केवल सरदी से हिफाजत करेगा, बल्कि बरफ पड़ने का भी असर नहीं होने देगा कहकर बाय एक क्षण के लिये चुप होकर कुछ सोचने लगा। फिर उसने सोचा, शायद चकमन को मैं अपना माल न समझ लूँ, इसलिये फिर बोला :

—मैं अपने चकमन को आपको बिलकुल ही दे देता, लेकिन मेरे पास दूसरे चकमन नहीं है। चाहे जो भी हो, आपसे मुफ्त में काम नहीं लेना चाहता, चाय या चाय का पैसा दूँगा।

—अगर मैं आपकी खिदमत करूँगा, तो पैसे के लिये नहीं, बल्कि आपके लड़के के साथ की वर्षों की दोस्ती के लिये ही करूँगा, नहीं तो कोई भी अकलमन्द आदमी इस तरह के मौसिम में पैसे के लिये अपने को आफत में डालने के लिये तैयार नहीं होगा।

—शाबाश दमुल्ला–खुश होकर बाय ने कहा–मैंने सुना है गिजदुवानी दोस्ती के लिये अपने प्राण तक दे देते हैं। यह बात ठीक है?

बाय ने मेरे बड़े कोमल स्थान को पकड़ा था। मैं उस समय भी भारी मूर्ख गिजदुवानी था। मित्रता के लिये एक काम को न करना या न कर सकना सभी गिजदुवानियों के लिये अनहोनी-सी बात समझता था। उस वक्त मुझे मालूम होने लगा कि अगर मैं इस काम को न करूँगा, तो सभी गिजदुवानियों के लिये कहा जायेगा : "तू मित्रता के थोड़े से कठिन रास्ते में नहीं जा सका, गिजदुवानियों को तूने बदनाम किया और हम सबों की आबरू को शहरियों के सामने टुकड़े-टुकड़े कर दिया। तुझे धिक्कार है।"

—अच्छा, रास्ता है न, चाहे जो भी हो जाऊँगा–मैंने उससे निश्चयपूर्वक कह दिया।

—बाय ने देखा कि उसके अन्तिम वाक्य का खूब असर हुआ है, इसलिये वह मुझे और भी बेवकूफ बनाते हुए बोलाः

—अब्दुनवी नाम का मेरा एक विश्वासपात्र ईमानदार नौकर था। जानते होंगे, वह बीमार हो के घर गया और वहाँ मर गया। मेरा बेटा है, लेकिन वह वैसा दिल और गुर्दे वाला नहीं है कि हेमन्त के दिनों में, जबकि सभी रास्ते और सड़कें सुनसान है, चार पत्थर राह जाकर चला आये। खास करके रोजमाज की ओर तो और भी नहीं, जहाँ पर कि फैजी औलिया (एक प्रख्यात डाकू) की औलाद रहती है। केवल मेरा ही लड़का क्या, कोई भी शहरी साल के ऐसे समय में जाने की हिम्मत नहीं कर सकता। अगर जाये भी तो डाकू कम-से-कम उनके घोड़े और कपड़ों को जरूर हीन लेंगे। इस लिये मैं आपको कष्ट दे रहा हूँ, क्योंकि गिजदुवानी भय नहीं खाता।

—अच्छी बात है, फैजी औलिया की औलाद की बात दूर रहे, अगर फैजी औलिया खुद जिन्दा होता, और मेरे सामने आता, तो मैं उसे "कल्ला-बल्ला" (गला पकड़कर ढकेलना) कह सकता था—वह कहते हुए गिजदुवानीपन के अभिमान में फिर बोला :

—कब जाऊँ?

—आज ही, और इसी घड़ी।

—बेवक्त समय है। जाने के लिये तैयार होकर के आने में एक घंटा लग जायेगा, रात आने तक चार घंटा ही दिन रहेगा। इतने समय में ऐसे मौसम में और इस तरह के कठिन रास्ते से वहाँ पहुँचना संभव नहीं है।

—इस काम के करने की आवश्यकता ऐसी ही है। आज ही वहाँ पहुँचना है। कल वहाँ से दो आदमियों को अपने साथ लिये आइए। मुझे वृहस्पति को सबेरे चाय के वक्त उनकी जरूरत है। अगर निश्चित समय पर यह काम नहीं हुआ, तो फिर उसका कोई मतलब नहीं।

—खूब अच्छी बात, घोड़े पर जीन लगाइये कहते समय फिर मेरे सिर पर गिजदुवानीपन का भूत चढ़ आया।

वह घोड़े पर जीन कसने के लिये चला गया। मैं सोचने लगा बरफ पड़े रास्ते में चार पत्थर अर्थात् 32 किलोमीटर (24 मील) रास्ता जाना होगा।

बाय ने जीन कसके आकर मुझसे कहा :

—कृपा कीजिये, घोड़ा तैयार है।

—आखिर मैं वहाँ किसके पास जाऊँ और किनको साथ लेकर आऊँ—मैंने आश्चर्य के साथ कहा।

—जल्दी-जल्दी में मैं इस बात को कहना भूल गया-बाय अपनी जेब पर हाथ फेरते वहाँ से एक लिफाफे वाला खत निकाल कर मेरे हाथ में देकर बोला :

—रोजमाज गाँव में अरबाब (महाशय) हातम नामक एक इज्जतदार आदमी है, सीधे उनकी हवेली में जाइये। इस खत को अभी खुर्जी में डाल रखिये। चाय के साथ इसे दे दीजिये। वह उन आदमियों को आपके साथ कर देगा, जिनकी मुझे जरूरत है। आप उन्हें साथ लेते आइये।

मैंने बाय के खत को अपनी बगल की जेब में डाला और उसका चकमन पहिनकर मेहमानखाने से बाहर आया। बाय ने चाय पड़ी खुर्जी को जीन के ऊपर डाला, और मुँह में लगाम लगा-घोड़े को खोलकर उसकी रस्सी को खुर्जी की खाली जगह में डालकर वह घोड़े को दरवाजे से बाहर गली में लाया।

मैंने गली में जा घोड़े पर सवार हो बाय के हाथ से कमची (चाबुक) ले ली। बाय ने घर की बनी हुई एक रोटी अपनी बगल से निकाल कर मुझे देते हुए कहा :

—रोटी साथ लेकर रास्ता चलने में बड़ा गुण है, रोटी की बरकत से खतरों से यात्री की रक्षा होती है और फिर किबला (पश्चिमाभिमुख) की ओर मुँह करके अपने हाथों को ऊपर उठाकर "खुदा आपको सफेद राह देवे" कहते दुआ कर उसने अपने हाथों को मुँह पर फेरा। मैं रोटी को अपनी बगल में डालकर चल पड़ा।

X   X   X

बुखारा के तंग कूचों में बरफ की ढेरों के कारण घोड़े पर सवार होकर चलना मुश्किल था, इसलिये मैंने मजार-दरवाजा की गाड़ियों वाली बड़ी सड़क को पकड़ा। चाहे कितना ही फेर था, लेकिन उस सड़क से चलकर मजार-दरवाजा से हो शहर के बाहर आ गया, फिर किला के पास से परेड-मैदान के सामने होते समरकन्द दरवाजा की बगल से गुजर कर बुखारा की बड़ी सड़क पर पहुँच गया।

यह सड़क बहुत चौड़ी थी। इस पर बरफ के ढेर नहीं थे, बल्कि उसकी जगह अस्फाल्ट का फर्श बिछी-सी सभी जगह काले धूमिल रंग की कड़ी बरफ पड़ी हुई थी। घोड़ों या गदहों के खुरों तथा लोहे लगे पहियों वाली माल ढोने की गाड़ियों के बराबर जाते-आते रहने के कारण सड़क सख्त हो गई थी। इस सड़क पर चलते वक्त

घोड़े का पैर हर कदम पर ऐसे फिसलता था कि उसका पेट करीब-करीब जमीन तक पहुँच जाता था।

सड़क की दोनों तरफ खेत में मैदान, नहरों के दूह, नालियों और दूसरी ऊँची-नीची जमीन को बरफ ने भरकर बराबर कर दिया था। जिधर भी नजर जाती, उधर चमकती हुई सफेद बरफ आँखों के सामने आती थी। नहरों और पुलों के साथ सड़क एक हो गई थी। कहीं-कहीं नहर का पानी बरफ (यख) बनकर रास्ते के ऊपर से बहते उसे अल्फाल्ट- बिछा-सा बना दिया था।

वेद (वीरी), गूजुम (सफेद) और तूत के दरख्त, जो कि जरदालू वृक्ष की भाँति वसन्त में फूलकर आपकी आँखों को फुलवाड़ी का आनन्द देते हुए सूखे पड़े हुए थे।

सहरा (खुली जमीन) में कहीं भी किसी प्राणी का पता नहीं था, केवल झुंड-के-झुंड कौए बरफ का खेल उसी तरह खेल रहे थे, जैसे कि घर के मुर्गे मिट्टी खोदते उड़ाते खेलते हैं। वह बरफ के ऊपर लेटे अपने पंजों से बरफ को उठा कर अपने ऊपर फेंकते और पन-चिड़ियों की तरह अपने सिर से बरफ में गोता लगा रहे थे। अगर नाम और शब्दकोश बनाना मेरे हाथ में होता, तो इन बड़े कौओं को "बरफ की चिड़ियाँ" नाम देता। इस जगह की नीरवता को केवल कौओं के काँव-काँव ही तोड़ने में समर्थ थी। रास्ते के गाँवों में कोई आदमी नहीं दिखाई पड़ा। वहाँ केवल सफेद बरफ भरी छतों से काँटा, झाड़ी, पत्ते, जलती आग का काला धुआँ निकलता दिखाई पड़ता था, यही वहाँ जीवन का चिह्न था। केवल यही चिह्न था जोकि गाँव का शून्य और नीरव, बयाबान जैसी भयानकता को कम करता था।

बुखारा से 8 किलोमीटर चलकर गलआसिया पहुँचा था, उसी समय सूरज के डूबने में एक घंटा बाकी रह गया था। मुझे रात की अँधेरी में इस भयानक निर्जन रास्ते से चलने में भय लगने लगा और घबड़ा कर मैंने घोड़े को कमची मारी। लेकिन उसमें एक कदम चलने की शक्ति नहीं थी। कान से लेकर गर्दन और पैर तक पिटने पर भी वह आगे नहीं बढ़ा, न तेज हुआ। उसका रोम-रोम बरफ से ढँका हुआ था। अब घोड़े के हर कदम डालने पर भय होता कि कहीं मैं उसके ऊपर से तरबूजे की तरह नीचे न गिर पड़ूँ। जब मैं गलआसिया पार हो आगे बढ़ा, तो दूर रास्ते के ऊपर कौओं का झुंड दिखाई पड़ा। वह किसी समय उड़ते और किसी समय बैठते थे। आगे मुर्दा खाने वाले जानवर भी दिखाई पड़े जो कुछ न बोलते, आकाश में चक्कर काटते अपनी आँखों को जमीन

की ओर लगाये हुए थे। घोड़ा थकने लगा था, लेकिन कमची की चोट से वह पैर आगे रखने के लिये मजबूर था। मैं कौओं के झुंड के पास पहुँचा। देखा सड़क के किनारे पीठ-खाया एक घोड़ा पड़ा है। शायद रास्ते में कठिनाई या कमजोर होने के कारण उसने प्राण दे दिया, या कि बिछलकर गिरने से उसकी गर्दन टूट गई। उसका मालिक चारजामा ले उसके गोश्त को मुर्दाखोरों के लिए "सदका" (बलि) कहकर चला गया।

घोड़े की लाश के पास तीन-चार कुत्ते भी थे, जो एक-दूसरे पर गुर्राते गोश्त काट-काट कर खा रहे थे। कभी-कभी लोभ के मारे जैसे साम्राज्यवादी एक-दूसरे पर टूटते हैं, वैसे ये भी भूँकते हुए एक-दूसरे के सिर पर दाँत और पंजा मारते, और उसके बाद फिर गोश्त खाना शुरू करते। कौए भी चारों तरफ से आकर जो कुछ मिल जाता, उसे पकड़ते, लेकिन जब कुत्ते उनकी तरफ लपकते, तो काँय-काँय करते उड़ने के लिए मजबूर होते। मानो यह छोटे-छोटे पूँजीपति थे, जो कि विश्व के स्वामी साम्राज्यवादियों की अनुमति से कुछ कौर पाकर गुजारा कर रहे थे। लाशखोर चिड़िया (गिद्ध) इतने ऊँचे उड़ने वाले होने पर भी कुत्तों से डरते, और लाश के नजदीक आने की हिम्मत नहीं करते थे, लेकिन उनके दिल से आशा खतम नहीं हुई थी। यह मानो ऐसे साम्राज्यवादी थे जो कि फासिस्त साम्राज्यवादियों से डरते थे, और फासिस्तों को दुनिया को पकड़कर खाते देख, नाराज हुई आँखों से उनको टुक-टुक देख रहे थे। मैं नजदीक पहुँचा तो घोड़ा उधर से जाने के लिये तैयार नहीं हुआ और अपने सिर को मोड़कर पीछे होने लगा। जब मैंने उसके चूतड़ पर दो-तीन कमची जोर की मारी, तो घोड़ा तनतनाकर दोनों अगले पैरों को ऊपर उठाकर खड़ा हो गया। घोड़े की इस उछल-कूद को देखकर कुत्ते और कौए भी डर कर दूर हट गये।

खैरियत यही थी कि घोड़े की लाश के भीतर की चीजों के इधर-उधर बिखरने से जगह ठीक थी, नहीं तो उस बिछली में घोड़ा और मैं दोनों ही वहाँ गिरे बिना न रहते।

रात आई। अन्धकार ने सारी दुनिया को अपने भीतर छिपा लिया। अब "अस्फाल्ती" धूमिल रास्ता सूझ नहीं पड़ रहा था। रास्ते की दोनों तरफ बरफ की सफेद दीवार-सी दिखाई पड़ रही थी। अब घोड़ा बड़ी सावधानी के साथ पैर रख रहा था, हर कदम रखने के पहिले दो-तीन क्षण हाँफते हुए वह निगाह दौड़ा लेता था।

X   X   X

इसी समय मेरे दिल में ख़याल आया "बायीं तरफ के खेतों में से क्यों न चलूँ। वहाँ बरफ पड़ी हुई थी, लेकिन किसी का पैर नहीं पड़ा था, इसीलिये बिछली नहीं होगी। वहाँ घोड़े को कदम रखना आसान होगा। अगर बीच में नाली या पानी का रास्ता भी होगा तो कोई हर्ज नहीं, क्योंकि वहाँ यख (पानी की बरफ) और ज्यादा जोर से बंधी होगी। अगर कहीं पर बरफ टूटी भी हो तो कोई डर नहीं है, क्योंकि घोड़ा स्वयं वहाँ से आसानी से अपने को निकाल लेगा।"

इस ख़याल को मैंने कार्य के रूप में परिणत किया और सड़क से बायें निकलकर चलने लगा। यह बेरस्ते का रास्ता सचमुच ज्यादा अच्छा था। घोड़े का पैर चूँकि सूखे समतल स्थान पर पड़ रहा था, इसीलिये वह बड़े आराम से चलने लगा और नालियों और नहरियों में बल्कि बिना पैर रखे कूदकर चलने लगा। मुझे अगर कोई डर था तो यही कि कहीं यह बेराहा मुझे और कहीं न ले जाय और सड़क छोड़ कर मैं दूसरी तरफ न चला जाऊँ। मैंने इसी डर से चारों ओर नजर दौड़ाई, लेकिन बरफ से ढँके हुए बयाबान के सिवाय वहाँ कुछ नहीं दिखाई पड़ा। वहाँ गाँव या बस्ती का कहीं पता नहीं था।

घन्टा भर रास्ता चलने के बाद दाहिनी तरफ करीब हजार कदम पर देखा, चिनगारी लिये हुए काला धुआँ हवा में चक्कर काटता उठ रहा था। मैंने सोचा कि बाजार के सराय के पास आ पहुँचा हूँ, यह धुआँ या तो नानबाई के तन्दूर का है, या सराय के किसी घर के सामने अलाव लगाया गया है, जिससे यह धुआँ निकल रहा है। दिल को कुछ संतोष हुआ कि मैं सड़क से बहुत दूर नहीं गया हूँ। अब मैं उत्तर की ओर मुँह करके घोड़े को दौड़ाने लगा।

एक घंटा और चलते बीता। मेरे सामने बाड़े से घिरी एक बड़ी विशाल खेतों की भूमि आयी। इसके घिरावे की लकड़ियाँ इतनी ऊँची थीं कि उसके पीछे जमीन की ऊँचाई-निचाई दिखाई पड़ती थी। घिरावे के पास पहुँचकर मैं घोड़े को दाहिने हाथ घिरावे के बीच से उत्तर की ओर चलाने लगा, लेकिन घोड़ा आगे की तरफ पैर नहीं डालना चाहता था। कमची मारी, लेकिन उससे भी कुछ नहीं हुआ। हर कमची मारने के बाद घोड़ा अपने सिर को नीचे किये खाँसता खड़ा रहा, और पैर आगे बिलकुल नहीं बढ़ाया।

मैंने कमची को बायें हाथ में ले उसके पेट तथा जाँघ पर दो-तीन बार मारा। घोड़े ने तनतना कर जमीन के नजदीक चिपक के दोनों पैरों को घिरावे के ऊपर की तरफ करके छलाँग मारी, लेकिन वह बहुत भीतर नहीं गया और फिर वहीं आराम से खड़ा हो गया। लेकिन मैंने भी उसे न छोड़ा, बायीं ओर से कमची मारता रहा। घोड़ा मजबूर होकर दो कदम और आगे बढ़ा। लेकिन जब उसने तीसरे कदम को हाला, तो उसके चारों पैर पानी में थे, पानी उसकी जीन के नम्दे तक पहुँच गया था।

अब मुझे मालूम हुआ कि मैं किस बला में पड़ा हूँ। यह घेरेवाली जमीन खेतों की नहीं थी, बल्कि बरफ से ढँकी जरफर्शी नदी थी। आमतौर से सख्त जाड़े के दिनों में धारा केवल ऊपर ही नहीं, बल्कि चारों तरफ जम जाती है। बड़ी धाराओं के बरफ बनने का ढंग यह है कि बरफ बना हुआ पानी आकर एक-दूसरे के ऊपर जमता है, उसके बाद फिर दूसरा पानी आकर जमता है। यह बरफ के शीशे एक-दूसरे के ऊपर ऐसे चिपकते जाते हैं कि मालूम होता है, जैसे बिना कटे हुए पत्थर पाँती से चिन दिये गये हैं। जमी धारा तालाब या पोखरी के पानी की तरह जमकर समतल नहीं होती। वही जमी धारा रात के वक्त मेरे आँखों के सामने घिरावे जैसे दिखलाई पड़ रही थी, जिसके भ्रम में पड़ कर मैंने घोड़े को जबरदस्ती मार-मार कर जरफाँ नदी में ढकेल दिया। जब पानी घोड़े के पेट तक पहुँचकर जीन के नम्दे से लगा, तो मैंने समझा कि मैं जरफर्शी में हूँ। मैंने तुरंत नमदे और खुर्जी को घोड़े के ऊपर खींचा और छलाँग मार दी, और इस बात का ध्यान रखा कि ऐसा न हो कि टूटे हुए बरफ से भीतर गिरकर मैं नदी में बह जाऊँ, इसलिये अपने एक हाथ से उजांगू (जीन की रस्सी) को अच्छी तरह पकड़े रक्खा। अगर पैर के नीचे का यख (पानी की बरफ) टूटता भी, तो भी मैं घोड़े की उजांगू को पकड़े हुए डूबने से बच जाता। जहाँ तक उजांगू की रस्सी पहुँचती थी, वहाँ तक मैंने अपने को खींचा। देखा कि मेरे पैर के नीचे की बरफ समतल है और उजांगू की रस्सी भी और आगे नहीं पहुँचती। मैंने उजांगू को हाथ से छुड़ाना चाहा, लेकिन वह छूट नहीं रही थी, हाथ भी रस्सी के साथ जम गया था। इसी वक्त घोड़े ने जोर लगाया और उजांगू मेरे हाथ से छूट गई, हाथ ऐसा दर्द करने लगे, जैसे घाववाली जगह पर नमक डाल दिया गया हो।

लेकिन ऐसे समय हाथ के दर्द का ख़याल ज्यादा नहीं किया जा सकता था। इस वक्त तो जल्दी से अपने को खींचकर किनारे लगाना था। किसी तरह मैंने अपने को

खींच खाँचकर दरिया के किनारे पहुँचाया। घोड़ा अभी भी बरफ-पानी के भीतर था, उसने एक बार फिर जोर लगा अपने अगले पैरों को पानी के बहाव की तरफ चलाया। बरफ टूट गई। थोड़ी देर आराम करके उसने जरा ताकत इकट्ठा की, फिर अगले पैरों को फेंक कर किनारे की ओर बढ़ा। इसी तरह एक के बाद एक जोर लगाया और दम लेता किसी तरह वह अपने को किनारे पर लाया और इसके बाद अपने सिर को नीचा करके खड़ा हो गया। घोड़े को आफत में पड़ना पड़ा था, इसलिये वह बीरी (बेद) के पत्ते की तरह काँप रहा था, इस कँपकँपी में बरफ में जमी हुई उसकी दुम और आयाल से भी आवाज निकल रही थी।

मैं भी जाँघ तक भीग गया था। कपड़े और बूट में भी बरफ जम गई थी। मुझे भी घोड़े की तरह कँपकँपी पकड़े हुई थी।

मैंने सोचा, शायद मेहतर-कासिम का पुल यहाँ से नजदीक हो, इसलिये खुर्जी को घोड़े के ऊपर डाला और बरफ लगी रस्सी को चकमन के आस्तीन के साथ हाथ में डाला और घोड़े को लेकर पैदल ही नदी के किनारे-किनारे दाहिने पूर्व की ओर मुँह किये चलना शुरू किया। मेरा विचार गलत नहीं निकला, 15 मिनट चलने के बाद मेहतर-कासिम पुल के बाजार के मकानों की सियाही दिखाई पड़ी और कुछ मिनटों बाद मैं वहाँ पहुँच गया।

X   X   X

एक समावरखाना (रसोईखाना) वाली दुकान को मैंने खटखटाया। समावारची ने जग कर दरवाजा खोल दिया। उसने मेरे पास घोड़ा देखा, तो अपने आदमी को जगाकर कहा कि मेरे हाथ से घोड़े को लेकर भीतर ले जाये।

मैं दुकान के भीतर जाकर बैठा और घोड़ा साईसखाने में गया। समावारची ने मेरे कपड़ों को भीगा और बरफ बना देखा, तो उसने सन्दली को हटा दिया और रसोईघर में कोयला डाल अलाव लगा दिया, मेरे कपड़ों को शरीर से निकाल कर रस्सी पर टांग दिया और एक जामा छोड़ जूते को भी पैर से निकाल कर आँच के नजदीक रख दिया। मेरे बरफ बने पैर को आग के नजदीक नहीं करने दिया, और सन्दली के ऊपर गरम हुए गद्दे से मेरे पैरों को ढाँक दिया। मैं खुद छाती को आग की ज्वाला की ओर करके अँगीठी की ओर निगाह किये बैठ गया। थोड़ी देर बाद कुछ आराम हुआ, लेकिन मेरा हाथ अब भी दर्द कर रहा था। उसे अँगीठी की आग के सामने करके देखा तो मालूम

हुआ, चमड़े की एक तह रस्सी के साथ खींच कर निकल गई है। समावारची ने अपनी दुकान से कुछ चीज ले आकर वहाँ लगा रुमाल से बाँधते हुए कहा :

—सबेरे तक "तूने देखा मैंने नहीं देखा" की तरह सब ठीक हो जायेगा।

सचमुच ही उसकी यह दवा ऐसी निकली कि पाँच दिन ही में हाथ में नया चमड़ा आ गया। मैंने कुछ आराम ले लेने के बाद जरफशों में अपने गिरने की कहानी समावारची को कह सुनाई।

—अगर ऐसा है तो घोड़े को भी गरम करने की जरूरत है—कहकर समावारची ने अपने आदमी को कहा कि साईसखाना में आग जलाकर घोड़े को गरम कर और उसके असबाब को सुखा।

चूल्हे पर चाय का पानी खौल रहा था, समावारची ने चाय गरम की। बाय ने "खतरों से बचाने के लिए" मेरे हाथ में जो रोटी दी थी, मैंने उसे तोड़ा। बाहरी शरीर भी आग के कारण गरम हो गया, तब तक बदन के भीतर भी रोटी चाय खाने से गरमी आयी। समावारची के कहने से मैंने अपने पैरों को गढ्ढे से बाहर निकाला। आग भी जल चुकी थी और रसोईघर के भीतर आग की ज्वाला अनार के फूलों की तरह फैली हुई थी।

समावारची ने सन्दली को उसकी जगह रख उसके ऊपर लिहाफ ढाँक दिया। मैं अपने पैरों को सन्दली के भीतर फैलाकर एक करवट से लेटा।

जगने पर देखा कि दिन सफेद हो गया है। मैंने घोड़े पर जीन कसने के लिये कहा, लेकिन मेरे पास पैसा नहीं था कि समावारची को दूँ, इसलिये अरबाब को देने के लिये जो चाय बाय ने दी थी, उसे खुर्जी से निकालकर बहुत मिन्नत करते हुए उसमें से आधा समावारची को दिया।

—मिन्नत करने की आवश्यकता नहीं। हम जो रास्ते में बैठे हुए हैं, हमारा कर्तव्य है कि रास्ते में पड़े और सरदी खाये लोगों की सेवा करें यह कहते मुस्कुराते हुए उसने यह भी कहा :

—आपसे छिपाने की क्या आवश्यकता, कभी ऐसा होता है कि 'शेरबच्चे' भारी शिकार को पकड़ लाते हैं, उनसे खूब मिल जाता है। आप जैसों की सेवा, जो हम खैरात के तौर पर करते हैं, उसकी भी मजदूरी उस समय हमें मिल जाती है।

समावारची ने अपनी इस बात से चोर-डाकुओं की ओर इशारा किया था। मैंने फिर रास्ता पकड़ा और मेहतर-कासिम-पुल पार होकर दाहिनी ओर का रास्ता लिया जो कि रोजमाज की ओर जाता था। रास्ता उतना बुरा नहीं था। यद्यपि बरफ यहाँ भी बहुत थी, लेकिन उस पर गाड़ी भी जा सकती थी, और बिना फिसले ही घोड़ा कदम रख सकता था।

X   X   X

मैं 10 बजे सबेरे रोजमाज पहुँचा। रास्ते में ही अरबाब हातम की हवेली के बारे में पूछ लिया था। लोगों ने एक बड़ी हवेली दिखलाई, जिसके दरवाजे के भीतर ऊँट और घोड़े भी जा सकते थे। भीतर जाकर मैंने खिदमतगार से अरबाब के बारे में पूछा। वह मुझे मेहमानखाना में ले जाकर बोला :

–अरबाब यहीं घर में हैं।

मेहमानखाना में सन्दली के भीतर अच्छे कपड़े वाला एक पुरुष बैठा था। उसकी काली सफेद (तिलतंडुल) दाढ़ी बतला रही थी कि उसकी उमर 50-55 की होगी। उसका सिर बड़ा, कद ऊँचा और शरीर भी उसी के अनुसार था, लेकिन बायीं आँख का दाग उसके सारे सौन्दर्य को बरबाद कर देता था। मोटा-ताजा और सिर की मोटाई को देखने से मालूम होता था कि वह मांस और पुष्टकारक भोजन से पला हुआ है। उसके सूती कपड़ों के ऊपर–जिन पर उसने कमरबन्द बाँध रखा था–एक आस्मानी रंग का माहूती चकमन पड़ा हुआ था। उसके सिर पर सफेद रंग की एक बड़ी पगड़ी थी, जिसका एक छोर सीने पर पड़ा हुआ था।

सन्दली की दूसरी ओर दो बूढ़े बैठे हुए थे, जिनकी शक्ल-सूरत एक-दूसरे से बहुत कम अन्तर रखती थी। उनके लाल-से मुँह पतले और लम्बे थे, आँखों में भौंह और बरौनी नहीं थी, दाढ़ी बकरे की तरह और सफेद थी, ओठ के बाल (मूँछे) बिलकुल कटी हुई थीं। दोनों की एक ही प्रकार की मुखाकृति थी। दोनों के भीतर फरक इतना ही था कि एक की आँख छोटी थी और दूसरे की नाक कमान-जैसी थी। उमर में दोनों करीब-करीब 65-70 के मालूम होते थे। उनका शरीर मुँह की अपेक्षा पतला और पोशाक शरीर की अपेक्षा छोटी और तंग थी। नीचे की रूई की पोशाक के ऊपर वह सफेद कमरबन्द बाँधे हुए थे। उनकी बड़ी पगड़ी कुलाह पर पड़ी हुई थी। छोटी

नाकवाले बूढ़े के सामने चायनिक (चाय का बर्तन, केतली) रखी थी, जिससे चाय निकाल कर वह दूसरों को दे रहा था। मैंने वहाँ पहुँचकर रीति के अनुसार पहिले मुख्य स्थान पर बैठे हुए आदमी को सलाम किया, फिर छोटी नाक, बाद में कमान-जैसी नाक वाले पुरुष को सलाम किया। जब मेरे सलाम करते समय मुख्य स्थान पर बैठा आदमी आधा उठा, बाकी दोनों बूढ़ों ने अपने शरीर को जरा भी हिलाये-डुलाये हाथों को आगे बढ़ाया। मैं भी उसके संकेत किये हुए स्थान को न ख़याल करके मुख्य आदमी के नीचे और दोनों बूढ़ों के ऊपर खाली जगह पर बैठ गया, और हाथों को उठाकर रीति के अनुसार फातहा पढ़ा।

—पूछने में हरज नहीं है, मेहमान कहाँ से आये, और कहाँ के हैं? मुख्य स्थान पर बैठे आदमी ने यह कहते हुए बात शुरू की।

—बुखारा से—कहकर जवाब दे और पूछने का मौका न दे मैंने अपने बगल में से चिट्ठी निकाली।

लेकिन मुझे मालूम नहीं था कि इनमें से कौन अरबाब हातम है। रवाज के अनुसार गृहपति मेहमानों के सामने, विशेषकर बूढ़े मेहमानों के सामने, मुख्य स्थान पर नहीं बैठता। इस तर्क के अनुसार मुख्य स्थान में बैठा आदमी अरबाब हातम नहीं हो सकता था। लेकिन नीचे की ओर बैठे दोनों बूढ़ों में से कौन घर का मालिक है, यह भी नहीं जानता था। रीति के अनुसार गृहस्वामी खिजमत करता है, इसलिये मैंने अनुमान किया कि चाय देने वाला आदमी ही अरबाब हातम होगा और—"बाय ने सलाम कहा है"—कहते हुए खत को उसकी तरफ बढ़ाया। उसने खत को मेरे हाथ से न लेकर कहा :

—मैं बाय का दोस्त नहीं हूँ, उनका नाम भी मैंने नहीं सुना है, शायद आपको भ्रम हुआ है।

—क्या आप अरबाब हातम नहीं है?

छोटी नाक वाला बूढ़ा ऊपर बैठे हुए आदमी की ओर निगाह करके हँसा और वहाँ बैठा आदमी अरबाब हातम मैं हूँ—"अगर घर का मालिक मुख्य स्थान पर बैठे, तो अर्जानी (सस्ती) होती है" की कहावत के अनुसार में मेहमानों से ऊपर बैठा हूँ—कहते हुए वह भी हँसा।

मैंने खत को अरबाब हातम की ओर बढ़ाया। उसने खत को मेरे हाथ से लेकर लिफाफा को खोला :

–पढ़ सकते हैं? –कहते हुए उसने मेरी ओर निगाह की।

–देखता हूँ, शायद पढ़ सकूँ–मैंने जवाब दिया। अरबाब ने खत को खोलकर मुझे दे दिया।

मैंने खत को लेकर पढ़ा। बाय ने दुआ-सलाम की मामूली बातों के बाद लिखा था ''दो बूढ़े गवाहो को ढूँढ़कर भेजिये और उनकी मजदूरी वहीं ठीक करके मुझे लिखिये''। फिर अन्त में ''हरी पत्ती'' कहकर अपनी भेजी हुई चाय की सूचना दे उसे स्वीकार करने के लिये लिखा था। फिर आगे कोई खिजमत हो तो करने की बात कहकर अपने खत को ''अस्सलामु अलैकुम अदाई'' के साथ बाय ने खतम किया था।

मैंने खत पढ़ने के बाद मेहमानखाना के दहलीज से बाहर जा खुर्जी में से चाय ले आकर अरबाब के सामने रखा, और जरफाँ में गिरने की बात तथा चाय में से कुछ समावारची के देने की बात कहकर उसे चाय दे दी।

–कोई हरज नहीं–अरबाब ने कहा–हवा से आई है, एक हिस्सा हवा में चली गई।

अरबाब ने बूढ़ों को इशारा करके मुझे अपने साथ ले जा बिछौने पर बैठाया। फिर उसने अपने खिदमतगारों को आवाज देकर उन्हें दस्तुरखान और चाय लाने के लिये हुक्म दे यह भी कहा कि खाना भी लाओ। फिर स्वयं बूढ़ों के साथ थोड़ी फुसफुस करके वह उनके साथ मेहमानखाना में लौट आया।

खिदमतगार ने चाय, दस्तुरखान और यखनी-भोजन का एक थाल लाकर सन्दली के ऊपर रखा। अरबाब ने काजी रोटी को टुकड़े-टुकड़े किया, फिर हम रोटी और काजी खाने में लगे।

–आप जरूर आज रात को हमारे मेहमान रहें–अरबाब ने मुझसे कहा।

–मुझे इसी रात को शहर जाना आवश्यक है–कहकर मैंने रात के रहने से छुट्टी माँगी।

–ऐसा ही सही, लेकिन घोड़े को खुराक देना जरूरी है–उसने अपने खिदमतगारों को बुलाकर कहा कि घोड़े के सामने चारा ले आकर रखें :

–हमारे गाँव में चिट्ठी लिखनेवाले आदमी नहीं है। दमुल्ला इमाम (इमाम साहब) से कई बार खत लिखवाकर कितनी ही जगहों में भेजा, लेकिन उसे कोई आदमी नहीं पढ़ सका–अरबाब ने कहा।

—खत (विद्या) भी खुदा के न्याय का ख़याल करता है—छोटी नाक वाला बोला—आदमी पढ़ने या मुल्ला होने से खतवाला नहीं हो जाता। हमारे गाँव में खत पढ़ने वाला कोई आदमी नहीं है।

—विद्या लाभ भी इसी तरह है दूसरे बूढ़े ने कहा—अगर खुदा नहीं देता, तो आदमी पढ़ने से विद्यावान नहीं हो जाता। यही देखें, हमारे गाँव के दमुल्ला इमाम पढ़े हुए है, मुल्ला हो गये हैं, यहाँ तक कि रोजमाज जैसी जगह के दमुल्ला इमाम भी है, लेकिन वह खत को ठीक से नहीं पढ़ सकते। हम कभी-कभी उनको खत या दस्तावेज दिखलाते हैं, तो वह ठीक से अर्थ खोल नहीं पाते, उनकी जबान बन्द हो जाती है।

—आप स्वयं खत लिख सकते हैं?—अरबाब ने मुझसे पूछा।

—थोड़ा-थोड़ा।

—बहुत अच्छा, ऐसा ही सही, मेरे नाम से एक खत बाय को क्या लिख सकते हैं?

—लिख सकता हूँ।

—कलम है आपके पास?

—नहीं, मेरे पास नहीं है।

अरबाब ने अपने खिदमतगार को आवाज देकर कहा कि जाकर दमुल्ला इमाम के पास से कलम और कागज ले आयें।

खिदमतगार थोड़ी देर में खाली हाथ लौट आया।

—दमुल्ला इमाम नहीं है। दोस्त बाय के यहाँ किसी बीमार के वास्ते पाठ करने गये हैं।

—अच्छा, खत की क्या जरूरत है? मेरी बातें मुँहजबानी ही आप बाय से जाकर कह दे—अरबाब ने कहा।

लेकिन छोटी नाकवाले बूढ़े ने इसे पसन्द न करके कहा :

—लिखना अच्छा है, वह प्रामाणिक होता।

—ऐसा ही सही, कलम और कागज ले आइये—अरबाब ने बूढ़े से कहा।

—कलम ले आ सकता हूँ, किन्तु कागज के बारे में नहीं कह सकता, मिलेगा या नहीं—बूढ़े ने कहा।

—कलम ले आने से हो जायेगा—मैंने उससे कहा—चाय के कागज पर लिखकर ले जाऊँगा।

–मंगल हो–कहते हुए कमानी नाकवाला बूढ़ा बाहर गया।

थोड़ी देर बाद एक पेन्सिल वाली कलम लेकर आया।

–कहाँ से पाये?–अरबाब ने खुश होकर पूछा।

–उस्ताद रुजी बढ़ई से। एक बार नौरोज बाय की इमारत बनाने के दिनों में इसी कलम को उसके हाथ में देखा था, इससे वह निशान बनाता था।

–खैरियत हुई जो अब तक उसे गुम नहीं कर दिया–छोटी नाक वाले ने कहा। कमानी नाकवाले बूढ़े ने कलम को मेरे हाथ में दिया। मैंने गोस्त काटनेवाले चाकू से उसकी नोक को ठीक किया।

अरबाब हातम ने चाय को रूमाल में रखकर कागज को मुझे दे दिया। मैंने कागज और कलम को ठीक करके खत लिखते हुए "सलाम के बाद मालूम होवे कि" लिखा और अरबाब की ओर नजर करके पूछा :

–क्या लिखूँ?

–लिखिये कि "इस हकीर (तुच्छ) फकीर पुरतक्सीर (अपराधी) मुझे अरबाब हातम की ओर से स्नेहसहित अनन्त दुआ और गायबाना अनगिनत सलाम..."

–मैं इसे लिख चुका–कहते हुए उसकी बात को काटकर मैंने कहा–आप अपने मतलब को कहिये।

अरबाब और दोनों बूढ़ों ने अपनी गर्दनों को लम्बी करके कागज पर लिखे हुए मेरे अक्षरों की ओर देखा–

–मैंने बहुत बात कही, आपका लिखा बहुत कम क्यों है?–अरबाब ने विश्वास न करते हुए कहा।

–मैं बहुत बातों को थोड़े से अक्षरों में लिख डालता हूँ–मैंने कहा।

छोटी नाकवाले बूढ़े ने अँगुली उठा मेरी ओर हिलाते हुए इशारा करके शाबाशी दी। मैंने भी उसे अनजानी कर दी।

–ऐसा ही सही, लिखिये कि–कहते हुए अरबाब ने फिर वाक्य बोलना शुरू किया :

–"दो जबर्दस्त हुनरमन्द शाहिद (गवाह) ढूँढ़कर भेज रहा हूँ। उनमें से एक का नाम खालिक ईशान (सन्त) है, जो कि स्वयं स्वर्गीय महान् शायरब्शी ईशान के शिष्य हैं। दूसरे का नाम राजिक खलीफा है। यह खलीफा हुसैन की औलाद इबादुल्ला

मखदूम के खानदानी हैं, और इनके अपने हाथ में इर्शाद का खत भी है। इसके बाद यह कहना है कि इनमें से हरेक के साथ करार किया है कि अगर काम पूरा कर देंगे, तो इनमें से हरेक को 50 तंगा देना होगा। फिर कहिये कि अगर बाय (सेठ) देवे, तो इनमें से हरेक को 25 तंगा देवें। फिर कहिये कि इनके रास्ते का और शहर का खर्च भी देवें। फिर कहिये कि हर प्रातःकाल चाय और एक कैमक (रोटी) और हर रात घी के साथ आश पलाव बनाकर देवें। और इनके घोड़ों को घास-दाना देवें। फिर कहिये कि अस्सलामु अलैकुम। फिर कहिये कि लेखक फकीर हकीर अरबाब हातम रोजमाजी।"

मैंने खत को उसी तरह लिखा, जैसे कि अरबाब ने कहा था। फिर उसके अभिप्राय को दो-तीन पंक्तियों में भी संक्षिप्त कर कागज को चौपेत कर अपनी बगल में डाला, फिर अरबाब से पूछा :

—खूब, खालिक ईशान और राजिक खलीफा कहाँ हैं, कि उनको लेकर मैं जल्दी रवाना होऊँ।

—अरबाब हातम ने छोटी आँखवाले बूढ़े की ओर इशारा करके कहा:

—"यह खालिक ईशान हैं।" फिर कमानी नाकवाले बूढ़े की ओर उँगली उठा कर कहा—"और यह राजिक खलीफा है!"

X   X   X

खालिक ईशान और राजिक खलीफा अपने घोड़ों पर चारजामा कसकर सवार हो अरबाब हातम की हवेली के दरवाजे पर आये। मैं भी मेहमानखाना से निकल कर घोड़े पर सवार हुआ। हम तीनों ने बुखारा शहर का रास्ता पकड़ा। इसी समय सूर्य आस्मान के सबसे ऊँचे स्थान पर पहुँचा था, अर्थात् 12 बज रहे थे। मेरे साथियों के घोड़े मेरे घोड़े से अधिक कमजोर थे, लेकिन वह पानी जमे बरफ के ऊपर मेरे घोड़े की अपेक्षा अच्छी तरह और तेजी से चल रहे थे। मैंने अपने साथियों से इसका कारण पूछा।

—हमारे घोड़े की नाल नई है, और तुम्हारा घोड़ा बेनाल का है या उसकी नाल पुरानी है—राजिक खलीफा ने कहा।

—आपका घोड़ा बेनाल का हो गया है—खालिक ईशान ने कहा, जो मेरे पीछे-पीछे आ रहा था, और घोड़े को कदम उठाते वक्त उसके पैर को देख लिया था।

हम मेहतर कासिम पुल पर पहुँचे। यहाँ से "अस्फाल्ती" बुरा रास्ता शुरु हुआ। मैंने कल के अपने उस तजर्बे को अपने साथियों को सुनाया, जिसमें मैं और घोड़ा दोनों करीब-करीब मर चुके थे। इस तजर्बे को उन्होंने भी बड़ी दिलचस्पी से सुना। हम बेराहा छोड़ करके सड़क पर चल रहे थे।

जब हम गलआसिया में पहुँचे, तो सूर्य डूबन-डूबने को हो गया था। अगर वक्त पर शहर के दरवाजे पर न पहुँचते, तो शहर से बाहर ही किसी समावारखाना (चायखाना) में रहने के लिये मजबूर होना पड़ता। जल्दी चलने की आवश्यकता थी, लेकिन मेरा घोड़ा जरा भी जल्दी करने के लिए तैयार नहीं था। खास करके गलआसिया पार होने के बाद की अस्फाल्ती सड़क पर। गलआसिया और शहर शेरजूजार के बीच शेरजूयजार, शेरजहकश और शेरईमारत नामक की नहरें थीं। लेकिन मेरा घोड़ा अरुफाल्त के ऊपर चलने के लिये जरा भी तैयार नहीं था। कमची के जोर पर जब मजबूर होता तो एक कदम आगे रखता, फिर उसके चारों पैर चारों तरफ फिसलने लगते।

अन्त में खालिक ईशान ने अपने घोड़े से उतरकर मुझे उस पर सवार कराया, और मेरे घोड़े को आगे करके वह प्यादा चलने लगा। किसी तरह पहिले पहर की अजान के समय हम शहर के दरवाजे पर पहुँचे, और उसके बन्द होने से पहिले ही भीतर चले गये।

मैंने रोजमाज से लाये "मालमता" को बिना नाल के घोड़े के साथ ले जाकर बाय को सुपुर्द किया, और पानी से तर हुए उसके चकमन को भी, जो कि गूजुम के दरख्त के तख्ते पर रखकर आगे से सुखाया गया था को भी अपने शरीर से निकाल कर उसे दे दिया। बाय के बहुत आग्रह करने पर भी मैं उसका आश खाये बिना और उसकी सन्दली नीचे गरम हुए बिना अपनी कोठरी में लौट आया। इस सारी थकावट और जागरण के बाद भी रात को बहुत देर तक मैं नहीं सो सका, और सोचने लगा–"शहिद कौन हैं", अरबाब ने "किस काम के लिये" अगर काम पूरा करें, तो 50 तंगा करके देवें, अगर बाय देवें तो 25 तंगा करके देवें।

X   X   X

रोज की तरह 9 बजे मैं बिछौने से उठा, फिर चाय पीकर बाहर निकला। अभी भी मेरे दिमाग में "शहिद" और अरबाब हातम के खत का अर्थ चक्कर काट रहा था।

मैं इस रहस्य को बाय-बच्चा की मदद से ही जान सकता था, इसलिये उसकी दुकान की ओर गया। उस समय बाप नहीं था, वह अकेला बैठा हुआ था। मैं उसकी दुकान में जाकर बैठा, अपने सफर की कहानी कहकर बाप ने जो खत अरबाब हातम को भेजा था, और अरबाब ने उसका जवाब जो लिखवाया था, दोनों में ''शाहिद'' शब्द का उद्धरण देकर उससे असली अभिप्राय पूछा।

बाय-बच्चा थोड़ी देर सोचते हुए बोला :

—तुमसे कोई भी भेद मैं छिपाना नहीं चाहता। मुझे विश्वास है कि तुम इस भेद को किसी के सामने नहीं कहोगे। मेरे बाप ने अपने पुराने खिजमतगार अब्दुनबी के साथ बहुत बेइन्साफी की। अब्दुनबी ने हमारे यहाँ 10 साल खिजमत की, लेकिन मेरे पिता ने खाना-कपड़ा छोड़ और कोई चीज नहीं दी। यह ठीक है कि समय-समय पर मैं दूकान से 4 तंगा-5 तंगा देता था, लेकिन यह बात मेरे बाप को नहीं मालूम थी।

अपने सामने रखे चाय के प्याले में से थोड़ी चाय पीने के बाद मेरे लिये एक चाय उसी प्याले में डालकर देते हुए उसने फिर अपनी बात शुरु की :

—जब अब्दुनबी बीमार हुआ, तो पिता ने उसे निकाल दिया। वह लाचार होकर देहात में अपने भाइयों के जो गरीब किसान है–घर गया, और बहुत देर नहीं हुई, मर गया। उसके मरने के बाद मेरे बाप ने उसके भाइयों के ऊपर दावा किया–''मैंने उसे बीमार होने से पहिले 4 साल की तनखाह 2 हजार तंगा पेशगी दी थी। इस पैसे के बदले में कोई खिजमत किये बिना ही वह बीमार होकर चल बसा। अब जब कि वह मर गया है, तो उसके वारिश होने के कारण भाई उसके कर्ज को देवें।''

—वह गरीब किसान है, भला वह इतना पैसा कहाँ से लाकर देंगे?–कहकर बाय-बच्चा की बात को बीच में काटते हुए मैंने पूछा :

—इस पैसे को उनकी गर्दन के ऊपर डालने और उन्हें कर्जदार बनाने का मतलब यही है–बाय-बच्चा ने कहा–कि जब वह कर्जदार हो गये, तो पैसे को निकालना मेरे बाप के लिए आसान है। वह मजूरी करेंगे, हम्माली (बोझ दुलाई) करेंगे, जो भी मजूरी उन्हें मिलेगी, उसे बिना खाये, बिना पहिने पैसे के फायदा (सूद) के तौर पर मेरे बाप को देते रहेंगे। अर्थात् अपनी उमर के अन्त तक मेरे पिता के गुलाम बने रहेंगे।

—अच्छा इस जाली कर्ज को तुम्हारा पिता उनकी गर्दन पर कैसे डालेगा?

—इसी दावा द्वारा उनकी गर्दन पर जाली कर्ज को लादने के सबूत के वास्ते यह "शाहिद" (गवाह) लाये गये हैं—बाय- बच्चा ने फिर कहा :

—मंगल के रोज सबेरे मुकदमे की तारीख थी। काजी ने मेरे बाप को प्रमाण अर्थात् गवाह माँगा। मेरे बाप ने वादा किया था कि बिहफे तक अपने गुवाहों को तैयार करके लाऊँगा।

—अच्छा, यह आदमी जो कि (शाहिद) गवाह बन कर आये हैं, अब्दुनबी की बात अलग, तुम्हारे बाप को भी नहीं पहिचानते, फिर यह कैसे गवाही देंगे?

—मुझे भी विश्वास है कि मेरे बाप ने इससे पहिले उन्हें नहीं देखा। कल रात को आश खाने के बाद मेरे बाप ने मुझे मेहमानखाना से बाहर करके उनके साथ चुपचाप बातचीत की। मैंने पीछे से कान देकर इतना ही समझा कि बाप उनसे कुछ कह रहा था, लेकिन क्या कह रहा था, इसे नहीं समझ पाया।

—जो नहीं समझ पाया, उसे मैं जानने जाता हूँ—कहते हुए मैं दूकान से उठकर सीधे काजीखाना (न्यायालय) गया।

—काजीखाना में बहुत-से मुकदमे वाले बैठे थे। एक कोने में अपने गवाहों के साथ बाय तथा अपने गाँव के नम्बरदार (अक्शक्काल, दाढ़ी-सफेद) के साथ अब्दुनबी के भाई मुद्दालेह भी बैठे थे।

—बहुत देर नहीं हुई कि काजीकलाँ (महान्यायाधीश) के मुलाजिम (चपरासी) ने बाय के पास आकर कहा :

—कृपा कीजिये, आपके मुकदमे की बारी है।

बाय ने अपने गवाहों को आगे-आगे किये मुद्दालेहों और उनके गाँव के नम्बरदार के पीछे-पीछे ऊँचे चबूतरे पर काजीखाना के ऐवान (बरांडे) में पहुँचा।

काजीकलाँ अपने छोटे मेहमानखाने में ऊँचे दरवाजे के सामने बैठा हुआ था। उसका मुँह चिड़िया की तरह पतला, दाढ़ी बकरे-जैसी, आँखे छोटी बिना बरौनी की लाल बन्दर जैसी, कान लम्बे तथा सामने की ओर झुके हुए खरगोश की तरह, और नाक बाज-जैसी आगे की ओर झुकी तथा लम्बी थी।

दरवाजे के बाहर चबूतरे के ऊपर ऐवान के नीचे एक बोरिया बिछी हुई थी। वादी (दावागर) और प्रतिवादी (जवाबगर) उसी बोरिया पर एक-दूसरे की अगल-बगल में घुटनों के बल बैठे।

काजीकलाँ ने अपनी छोटी आँखों को और भी छोटी करके वादी (दावागर) और प्रतिवादी (जवाबगरों) के ऊपर एक नजर डाल दरवाजे के सामने खड़े नौकर से पूछा :

—क्या हुआ?

—बाय अपने गवाहों को लाये हैं—मुलाजिम ने इज्जत (सलाम) करते हुए कहा और मजहर (आवेदन-पत्र) को काजीकलाँ के हाथ में देते हुए—मजहरशरई धर्मानुसारी दावा के आवेदन-पत्र—को काजीकलाँ के हाथ में दे दिया।

—काजीकलाँ ने मजहर पर नजर डाल कर बाय की ओर निगाह करके पूछा :

—आपने 2 हजार तंगा किसको दिया?

—इनके भाई अब्दुनबी को—कहते हुए बाय ने प्रतिवादियों की ओर हाथ से इशारा करते हुए फिर कहा :

—वह मर गया और यह उसके सहोदर भाई तथा दायभागी (मीरासखोर) हैं।

—तुम लोग इकरार करते हो या इन्कार? कहते हुए काजीकलाँ ने प्रतिवादियों के ऊपर अपनी छोटी-छोटी आँखों को डालते हुए पूछा।

—हमें अपने भाई के मरने का पता है, लेकिन इन्कार का पता नहीं है। कहते हुए प्रतिवादियों में से बड़े ने अपनी बात को जारी रखा :

—हम इतना ही जानते हैं कि मेरे भाई अब्दुनबी ने इनके पास 10 साल तक बिना मजदूरी (मुज्द) खिजमत की। जब वह बीमार हुआ...

काजीकलाँ ने जीभ से होठों को चाटते वाटते भयानक आवाज में कहा :

—बात लम्बी मत कर, तू इकरार करता है या इन्कार?

—इन्कार तकसीर (क्षमानिधान) प्रतिवादी ने यही जवाब दिया।

—काजीकलाँ ने दूसरे प्रतिवादी से भी इसी तरह का सवाल करके वही जवाब पाया। फिर वादी की ओर निगाह करके पूछा :

—तुम्हारे पास सनद (प्रमाणपत्र) है या गवाह ?

—गवाह है, तकसीर—बाय ने जवाब दिया।

इसके बाद काजीकलाँ ने अपने मुलाजिम की ओर निगाह करके मजहर (आवेदनपत्र) को उसे देते हुए कहा :

—बाहर जाकर देख, अगर ठीक है, तो बराबर कर, नहीं तो ले आ। अगर दुरुस्त है तो शरा-शरीफ (श्री धर्मशास्त्र) के अनुसार हुकम किया जायगा।

मुलाजिम ने काजीकलाँ को सलाम करके उसके हाथ से मजहर को लेकर–"अच्छा, तकसीर"–कहकर मुकदमे वाले को खड़ा होने के लिये इशारा किया।

जब सब ऐवान के चबूतरे से नीचे उतर गये, तो मुलाजिम ने उनकी ओर निगाह करके कहा :

मुकद्दमा (जंजाल) अतवार के दिन तक के लिये स्थगित रहा और तुम्हें भी दो दिन की मोहलत दी जायगी। अगर आपस में सुलह हो जाय, तो छुट्टी का पत्र लिखकर देंगे, नहीं तो फिर शनिवार के दिन जनाब शरियतपनाह (धर्मशास्त्र-रक्षक) के सामने हाजिर होवें। इस वक्त मेरे खराज (इनाम) का पैसा देवें।

बाय ने 5 तंगा निकालकर मुलाजिम को दिया।

–यह कम है–मुलाजिम ने कहा–आज, कल और शनिश्चर तीन दिन होते हैं, हरेक रोज के लिए 15 तंगा देने दरकार है।

–इनसे भी लीजिये–बाय ने कहा–आपकी बात नहीं काटते–कहते हुए बाय ने 1 तंगा और निकाल कर दिया।

–क्यों, मजाक कर रहे हैं क्या?–कहते हुए मुलाजिम ने प्रतिवादियों की ओर निगाह की। सुल्फा (पैसा) निकालिये।

गाँव के नम्बरदार ने सभी प्रतिवादियों की ओर से अपनी थैली को खोला। बड़े प्रतिवादी ने उसके पास जाकर कहा :

–हमारी तरफ से भी 5 तंगा देने से होगा।

–क्यों?–अचरज करते हुए नम्बरदार ने कहा–तुम देश के कायदे को नहीं जानते। जब तक मुकद्दमे का फैसला न हो जाये, वादी और प्रतिवादियों में से हरेक को बराबर खराज (इनाम) देना होता है। जब मुकद्दमा खतम हो जाता है, तब खराज किसके सिर पर पड़ेगा, इसका हुकुम जनाब शरीयत पनाह करते हैं कहते हुए उसने थैली से 16 तंगा निकाल कर मुलाजिम को दे दिया था।

–नम्बरदार को खुश रक्खो–मुलाजिम ने मुद्दालेहों की ओर निगाह करके कहा।

–आप खुश रहें तो बस है, हम आपस में बूझ लेंगे–नम्बरदार ने कहा और फिर सभी वहाँ से निकल कर चले गये।

मैं बहुत अफसोस करने लगा, यह जंजाल (मुकद्दमा) आज एकतरफा (फैसला किया) नहीं हुआ, कि इसके परिणाम को समझता। सनीचर का रोज मेरे पाठ का दिन

है, उस दिन मुकदमा के लिये आ सकूँगा या नहीं सोचते हुए मैं अपने मन में विचार करने लगा। मेरे 6 पाठ थे, जिनमें से हरेक अलग-अलग दरसखानों (पाठालयों) में होता था, और उनके बीच में एक किलोमीटर से कम दूरी नहीं थी। यह ठीक है, काजीकलाँ के पास भी मेरा एक पाठ होता था और उसका समय 11 बजे था। लेकिन उस समय मुकदमा देखने के लिये आने की बात का निश्चय नहीं कर सकता था।

X   X   X

सनीचर के दिन जिन-जिन मदरसों के दरसखानों में मेरा दरस (पाठ) था, वहाँ जल्दी-जल्दी पढ़ने गया और चाहा कि सभी को जल्दी खतम कराके जैसे भी हो काजीखाना पहुँचूँ। यद्यपि अपने पाठों के पढ़ने में बहुत समय नहीं लगा और मैं समझने लगा कि शायद झूठे गवाहों और खरीदार (सेठ) की गवाही देख सकूँगा।

अन्त में काजीखाना के पाठ से पहिले पाठ को पढ़कर मैं बाहर निकला। मेरा जल्दी करना बेफायदा नहीं हुआ। मैं जल्दी-जल्दी में चल पड़ा और काजीखाना के पाठ से 15 मिनट पहिले उस जगह पहुँचा। वहाँ आगे-पीछे निगाह दौड़ाई, काजीखाना के भीतर-बाहर मुकद्मेवाले भरे हुए थे, लेकिन जिन मुकद्मेवालों को मैं चाहता था, वह उनमें नहीं थे।

मैं अफसोस करते हुए काजीखाना के ऐवान के नीचे मेहमानखाना की ओर जाने वाले दरवाजे से होकर अपने साथियों से पहिले आ पहुँचा और अपने पाठ की बारी की प्रतीक्षा करते बैठ गया। धीरे-धीरे मेरे सहपाठी भी इकट्ठा हो गये। मेरे से पहिले वाली जमायत (श्रेणी) के लोग काजीकलाँ के पास पाठ पढ़कर बाहर चले गये। मैं उनकी जगह अपने पाठालय, काजीकलाँ के बड़े मेहमानखाने—जो कि पाठालय भी था—के भीतर गये। हम मेहमानखाना के ऊपर से नीचे तक उस जमाने की रीति के अनुसार आगे-पीछे अपनी जगह पर जा बैठे। आज मैं पहिले आने वालों में से था, इसलिये पहिले मेहमानखाने में जाकर काजीकलाँ के नजदीक उनके सामने बैठा। दूसरा दिन होता तो मेरे बगल में आकर सहपाठी मुझे इसकी आज्ञा न देते।

काजीकलाँ की हर रोज की आदत थी, वह हर दो पाठ के बाद एक मुकद्मा देखता। आज भी उसने हमारे पाठ के समय ऊपरी दरवाजे से बाहर की ओर निगाह करके एक मुकद्मे को सुना। उसी समय दूसरे मुकदमे वाले भी सामने बैठे थे। उनके

उठने के बाद तीसरे मुकद्मे वाले आये। बहुत आशा न होने पर भी मैंने देखा कि उसी मुकदमे वाले हैं। मैंने चारों ओर से हटाकर अपनी निगाह उनकी तरफ रखी और सारे शरीर को कान बनाकर उनकी ओर ध्यान लगाया। काजीकलाँ ने महजर को मुलाजिम के हाथ से लेकर दो रोज पहिले वालों को फिर दुहराया और पहिले के दिये हुए जवाबों को सुना।

जब काजीकलाँ ने "सनद है या गवाह" पूछा, तो बाय ने कहा :

—गवाह है।

—अपने गवाहों को लाइये—काजीकलाँ ने कहा।

पास खड़े हुए गवाहों की ओर निगाह करके बाय ने उन्हें बैठने के लिए इशारा किया। वह भी उसकी बगल में घुटना टेक कर बैठ गये।—"ऊहूँ (ओ हो), यह सभी पवित्र मोमिन और शुद्ध सत्यभाषी विश्वसनीय मुसलमान है" काजीकलाँ ने अपने ओठों में भुनभुनाते हुए अपने आप से कहा।

मैं काजीकलाँ की बात से समझने लगा कि वह इनको पहचानता है। मैं खुश हुआ कि इन झूठे खरीदे गवाहों की गवाही होने के बाद दावा रद्द करके काजी शायद इन्हीं को जेल में भेजने का हुक्म दे।

—क्या आप शरई (धर्मानुसार) गवाही देना जानते हैं?—काजीकलाँ ने गवाहों से पूछा।

—जानते हैं, तकसीर, जानते हैं—छोटी आँख वाले खालिक ईशान और कमानी नाक वाले राजिक खलीफा ने एक के बाद एक जवाब दिया।

गवाही देने के लिये गवाह का पक्का मुसलमान होना आवश्यक है। आप लोग दीनी (धार्मिक) आवश्यक (कर्तव्यों) को जानते हैं?—काजीकलाँ ने पूछा।

—जानते हैं, तकसीर, जानते हैं—गवाहों ने जवाब दिया।

—आप लोग कलमा शहादत (मुहम्मद और अल्ला पर विश्वास) को उसके अर्थ के साथ 21 जवाब और फर्ज-ऐन (कर्तव्य) को जानते हैं?—काजीकलाँ ने पूछा।

—जानते हैं, तकसीर जानते हैं।

—अच्छा, ऐसा ही सही, तो इनमें से एक-एक को बोलिये तो—काजीकलाँ ने गवाहों से कहा।

पहिले खालिक ईशान, उसके बाद राजिक खलीफा ने दीनी जरुरियात को इतना ठीक-ठीक, पक्का और साफ-साफ बोलकर सुनाया, जितना कोई दमुल्ला इमाम भी काजीकलाँ के सामने नहीं सुना सकता था।

—खूब, अब गवाही दीजिये–काजीकलाँ ने गवाहों को हुक्म दिया। पहिले छोटी नाक वाले खालिक ईशान ने कुछ आगे होकर गवाही दी।

—अऊजु बिल्लाहि मिनश्-शैतानिर्-रजीम्, बिसम्मिल्लाहिर रहमानुर् रहीम (दुष्ट शैतान से भगवान बचाये, कृपालु दयालु अल्ला के नाम से खुदा के लिये, न कि फरेब के लिये गवाही देता हूँ कि स्वर्गीय अब्दुनबी इनके (इस वक्त गवाह ने अपने हाथ को उठाकर प्रतिवादियों की ओर संकेत किया) भाई ने इन्हीं बाय (सेठ) से हम दोनों बूढ़ों के–जो कि इनके घर में मेहमान थे–सामने आइन्दा चार साल खिजमत करने के लिये 2 हजार तंगा अर्थात् 300 तीन सौ रूबल रूसी नोट–कर्ज लिया था।

राजिक खलीफा ने भी ठीक उसी तरह से गवाही देकर 50 तंगा को ‘हलाल’ किया।

काजीकलाँ ने मेरी कल्पना के विरुद्ध प्रतिवादियों की ओर निगाह करके कहा :

—अब दो हजार तंगा तुम्हारे ऊपर देन हो गया, काजीखाना का खराज (फीस) भी तुम्हारे ऊपर पड़ा। तुम इस पैसे को काजीखाना में नगद लाकर दो, नहीं तो कैद किये जाओगे। अगर बाय को राजी कर सको, तो कर्जदान बनकर काजीखाना में दस्तावेज लिखकर भी दे सकते हो।

प्रतिवादियों ने “तकसीर, तकसीर” कहते हुए काजीकलाँ से बात करनी चाही, लेकिन खुले हुए दरवाजे को बन्द करवा, पाठ पढ़ाने के लिये शागिर्दों की ओर निगाह डाली। प्रतिवादी खड़े होकर रोते-पीटते दरवाजे के पास आये कि काजी के साथ बात करें, लेकिन मुलाजिम ने उन्हें धक्का दे ऐवान से चबूतरे के नीचे भगा दिया। लेकिन प्रतिवादियों की सुनाई दे रही थी। वह बाय को “तू-तू” कहते गाली और बददुआ दे रहे थे। काजी के मुलाजिम पकड़ो, बाँधो, कैद करो कहते उन्हें डराकर चुप कराना चाहते थे। नहीं मालूम किस ख़याल से काजीकलाँ ने सिर को नीचा किये कुछ देर चुप रह फिर सिर को ऊपर करके जमायत के कारी (कक्षा को पढ़ाकू) की ओर निगाह डाल कर कहा :

—पढ़ो अभी पढ़ाकू के पाठ शुरु करने से पहले ही मैं हाथ को सामने किए काजीकलाँ से बोला :

—तकसीर, तकसीर, एक अर्ज है।

—क्या अर्ज है?—काजीकलाँ ने आश्चर्य के साथ पूछा।

—मैं इस घटना, अभी हाल के जंजाल को जानता हूँ। बाय ने जाल किया है। उसके गवाह भी खरीदे हुए हैं। उन्होंने इससे पहिले न कभी बाय को देखा और न मृत अब्दुनबी को ही—मैंने कहा।

काजीकलाँ ने जीभ से ओठों को चाटते-चाटते मेरी ओर थोड़ी देर निगाह करके कहा :

—शरीयत (धर्मशास्त्र) ब्राह्मदर्शी (जाहिरबीन) है, तेरी तरह उधेड़-पधेड़ करने वाली नहीं है। पक्के मुसलमान गवाहों ने शरीयत के अनुसार गवाही दी, मुद्दालहों (प्रतिवादियों) के ऊपर पैसा देन हो गया। अब न तू इस दावा के जाली होने का प्रमाण दे सकता है और न गवाहों के खरीदे होने का ही। अगर गवाह सुनें, कि तू उन्हें "झूठा गवाह" कह रहा है, तो तेरे ऊपर मानहानि का दावा करने का हक रखते हैं। अवश्य ही तू दो सत्यवादी मुसलमान गवाह लाकर उनकी असत्यवादिता को प्रमाणित नहीं कर सकता। ऐसी हालत में, तुझे खुद दण्ड भोगना पड़ेगा। बेहतर यही है कि इन कामों के पीछे तू न पड़ और अपने पाठ को याद करने की कोशिश कर।

इस नसीहत को सुनने के बाद सिर नीचा करके चुप रहने के सिवाय मेरे लिए कोई चारा नहीं था। काजीकलाँ के अधिक नजदीक जाकर बैठने के कारण मुझसे ईर्ष्या करते सहपाठियों के हँसी उड़ाने को देखकर मैंने अपने सिर को और भी नीचा कर लिया। खैरियत यही हुई कि पाठ तुरन्त शुरु हो गया। कक्षा के कारी (पढ़ाकू) ने किताब की पाँति में से एक वाक्य पढ़ा।

सहपाठी उस वाक्य के ऊपर अपने सिर को जंगी मुर्गों की तरह लम्बा करके, बिल्लियों की तरह मूँछों को उठा-उठा और अपनी आवाज को ऊँची कर-कर के एक-दूसरे के साथ लड़ाई लड़ने लगे। इस कुत्तों जैसी लड़ाई-भिड़ाई में उन्होंने मेरी बात को भुला दिया। इसके कारण मुझे भी काजीकलाँ के क्रोध के बोझ और सहपाठियों के ताने के दुःख से छुट्टी मिली। एक घन्टे तक इसी तरह बिना समझे चिल्ला-चिल्ला

कर एक-दूसरे को गाली देते काजीकलाँ को भी गाली देने की नौबत आयी। उसने यह कहते हुए अपने शागिर्दों को चुप रहने के लिये मजबूर किया :

ओय गदहो, ओय चौपायो, ओय मूर्खों, चुप रहो, बात को समझो और मुसान्निफ रहमतुल्लाह-अलैह (भगवान के दयापात्र ग्रन्थकर्ता) के असली मतलब के समझने की जरूरत है।

इसी तरह एक-दूसरे को गाली देते, हिकारत दिखाते पाठ समाप्त हुआ। हम बाहर निकल आये।

काजीकलाँ के पाठ से बाहर आने के बाद मुलाजिमों से मुझे मालूम हुआ, कि बाय के लिये दो हजार तंगा का कर्जदार होने के बाद भी प्रतिवादियों के सिर पर काजीखाना का खर्च (व फीस) 100 तंगा पड़ा और बाय को गाली देने के "अपराध" और घूसा तानने के लिये उन्हें जेल भी हुआ।

इसके बाद मुझे न बाय की खबर मिली न बाय-बच्चा की। उसके बाद बाय से मैंने अपना संबंध बिलकुल तोड़ लिया और उसके लड़के की दोस्ती को भी जवाब दे दिया।

यह बाय (सेठ) बुखारा की क्रांति के समय (1918) तक जिन्दा था। कान्ति के बाद उसके लड़के उससे अलग होकर सरकारी नौकरी में लग गये। वह स्वयं अपनी दुकानदारी और सौदागिरी को जारी रक्खे रहा। 1923-24 में जब बुखारा में भी मजूरों की अधिनायकता आरम्भ हुई और वैयक्तिक सौदागर बेकार हो गये तो वह बाय (सेठ) पागल हो गया और उसी पागलपन में मरा।

10

मैं भी धीरे-धीरे कारी इश्कम्बा के जीवन से परिचित होता गया। उसके बाप का नाम हशमतुल्ला था। जब कारी छोटा था, तभी उसको बाप ने मदरसे में रखा, लेकिन जब देखा कि उसकी बुद्धि बड़ी निर्बल है, तो उसे कारीखाना (कुरान पाठ विद्यालय) में रख दिया। हशमतुल्ला सारे कुरान कंठस्थ करके कारी इस्मत बन गया।

इसी बीच में उसका बाप मर गया। कारी इस्मत को एक छोटा-सा मकान और बुखारा के वृत्ति-प्राप्त मदरसों की दो कोठरियाँ दायभाग में मिलीं। जो पैसा मदरसा की कोठरियों का मिलता था, उसे और कुरान पाठ से जो दक्षिणा मिलती थी, उस सब को वह गरीबों और छोटे-छोटे दुकानदारों को सूद पर देता था। इनके अतिरिक्त उसने लाभ का एक दूसरा रास्ता पा लिया। उसने गली के लड़कों से दोस्ती की और उन्हें जुआ खेलने की ओर प्रेरणा दी। इसके लिये ताश और जुआ के दूसरे सामान को ले आया। कुछ समय छोटे बच्चों को जुआ खेलाने को भी अपना पेशा बना लिया। लड़के पैसे से जुआ खेलने लगे। अब वह उन्हें रंगकर चिक्का-पुक्का करके उनको पूरे दाम देता था। न खोले हुए ताशों को हमेशा अपनी बगल में रखता था। खेलते वक्त जब कुर्ते का ताश में दाग और निशान लग जाता, तो वह नये ताश को चारगुने दाम पर देकर पैसा बनाता। इसके अतिरिक्त वह खेल में से चौथ लेता था और चौथ मिले पैसों को बेपैसे हो गये बच्चों को देकर अगले दिन तक के लिये उसका भी सूद लेता। इस तरह जो पैसा कारी इस्मत को मिलता, उसे वह अपने खर्च में बिलकुल नहीं लाता। वह दिन को अपनी कोठरियों के किरायेदारों के पास जाकर पलाव खाता और रात को जुआ खेलने वाले लड़कों के दस्तुरखान पर जाकर अपने पेट को भरता। जुआ खेलने वाले लड़कों से उसकी दोस्ती बहुत देर तक नहीं निभी। एक रात खेल बहुत गरम हुआ आ से लेकर करीब-करीब सबेरे तक जुआ चलता रहा। आखिरी खेल के वक्त लड़कों ने अपने पैसे हिसाब किया। कुछ बच्चे अपने सारे पैसों को हारकर बेपैसे के हो गये थे, उनमें से कुछ केवल बेपैसे के ही नहीं हो गये, बल्कि वह कारी इस्मत से कर्जदार भी हो गये थे, जो कि कितनी ही बार जीते भी थे उनकी जेबों में भी जीता हुआ पैसा बहुत कम रह गया था। सभी बच्चों ने अपने पैसों को इकट्ठा करके देखाना चाहा कि उनका पैसा ठीक है या नहीं।

–पहिली रात को तेरे पास कितने पैसे थे? इस तरह कहते वह इकट्ठा करके हिसाब करने लगे।

–10 तंगा।

–तेरा कितना?

–20 तंगा।

इस प्रकार रात को पहिले पहल जितना पैसा उनके हाथ में था, उस सबका हिसाब किया और कारी इस्मत से लड़कों ने जो कर्ज लिया था, उसे भी उसमें जोड़ा। उन पैसों से अपने हाथ में रहे पैसों को मिलाया। देखा कि उस रात को पहिले पहल जितना पैसा उनके पास था, अब उसका आधा भी नहीं रह गया है।

—तो फिर पैसे कहाँ गये?—यह कहते हुए बच्चों ने आश्चर्य प्रकट किया।

—एय-एक लड़के ने एकाएक कहा—कारी के पास चौथ (चूतल) के तौर पर जो पैसा गया है, उसका हिसाब हमने नहीं किया क्या?

—सचमुच दूसरे लड़के ने कहा और कारी की ओर निगाह करके उससे पूछा :

चूतल के पैसों को ले आओ, हिसाब करके देखें कि सब पैसा ठीक है या नहीं?

कारी इस्मत ने लड़कों की यह बात सुनकर अपने जामा को और मजबूती के साथ बाँध लिया, तथा :

—नहीं, मैं नहीं निकालूँगा कहा—मैं अपने पैसों को किसी को नहीं दिखलाऊँगा।

—ले आओ, हिसाब करके देखेंगे, पीछे फिर लौटा देंगे—एक लड़के ने नरमी से कहा।

कारी इस्मत ने अपने को और भी कड़ा करके बाँधते हुए जोर से कहा :

—नहीं, मैंने कहा, नहीं।

—यह नहीं हो सकता कहते हुए एक लड़का उससे चिपट गया। दूसरे लड़कों ने उसका साथ दिया। कारी इस्मत कोड़ा खाये गदहे की पीठ की तरह सिर और पैर को सिकोड़ कर गोल-मटोल हो गया। लड़कों ने उसे चारों तरफ से खींचना शुरु किया। वह भी इधर-उधर लुढ़कने लगा, लेकिन अपने हाथ-पैरों को पेट में इस तरह चिपकाये रखा कि उसकी जेब बाहर नहीं हुई।

—मारो—एक लड़के ने कहा। और उसके सिर पर और शरीर पर मुक्के वर्षा की बूँदों की तरह टप-टप करके पड़ने लगे, लेकिन उसका भी कोई असर नहीं हुआ। एक लड़के ने अपने मुक्के को ऊपर उठाकर उसके सिर पर जोर से मारा, लेकिन स्वयं "हाय हाय, मेरा हाथ" कहते मुट्ठी को अपने मुँह में लगा घाव की जगह को चाटने लगा। "जरा ठहरों" कहते हुए वह घर की ओर गया और वहाँ से जुआ खेलने का तख्ता उठा लाया, फिर उससे कारी इस्मत के सिर पर मारा।

चोट बहुत जोर की थी। उसके सिर से खून बहने लगा। धीरे-धीरे वह सुस्त हो गया, उसका हाथ-पैर भी ढीला पड़ गया। लड़कों ने उस रात जमा किये सारे पैसों को उसकी जेब से निकाला और खेल शुरू करते हरेक के जेब में जितना पैसा था, उसी हिसाब से बाँट लिया। वहीं उन्होंने प्रतिज्ञा की कि अब फिर जुआ नहीं खेलेंगे, और अपने मुहल्ले के दूसरे लड़कों को भी खेलने नहीं देंगे।

कारी इस्मत अपने घर जाने के लिये बाहर निकला, लेकिन उसके शरीर में चलने की ताकत नहीं थी, सिर से अब भी खून बह रहा था। वह चबूतरे पर लुढ़क गया। घर वाले बच्चे की माँ को जब यह पता लगा, तो वह बाहर निकल आई, और उसके सिर पर नमदा जलाकर लगा दिया, उसके मुँह पर पट्टी बाँध दी और फिर घर में बुलाकर सुला दिया। घड़ी भर बाद उसे जब चेतना आई तो वहाँ से उठकर अपने घर गया। उस समय सिर में जो चोट लगी थी, उसका दाग आखिरी उमर तक रहा, वहाँ कोई बाल नहीं जमा। उसके लिये वह बहाना करता था हजाम को पैसा कम दिया, इसी का यह परिणाम है। इस मार ने उसके लिये जुआ खिलाने और उससे पैसा कमाने का रास्ता बन्द कर दिया।

X   X   X

जुए की आमदनी से महरूम होकर कारी ने अब अपनी सारी शक्ति को सूदखोरी, कुरानफुरोशी तथा कर्जदारों और किरायेदारों के घर आश खाने में लगा दिया। जब वह बड़ा हुआ और पैसा भी उसके पास अधिक हो गया, तो उसने छोटे सूदखोरों का पीछा छोड़ दिया, क्योंकि उसमें उसका कुछ पैसा डूब जाता था। अब उसने बड़े-बड़े दुकानदारों और सौदागरों के साथ लेन-देन शुरू किया। बड़े बायों (सेठों) के यहाँ उसका पैसा बिलकुल नहीं डूबता था। अगर वह वैसा करना भी चाहें, तो भी दूसरे दिन जरूरत होने पर कारी इस्मत के पहिले पैसे को लौटाना जरूरी होता।

उसके कहने के अनुसार जवानी के समय दो बायों के हाथ में दो बार पैसा डूबा था, लेकिन उसने उसके बदले में बिना पैसा दिये उनकी लड़कियों को अपनी बीबी बनाकर हिसाब अपना ठीक कर लिया। यह दोनों औरतें टोपी बुनना जानती थीं। आखिरी उमर तक दोनों उसी घर में रहीं। यह दोनों उन्हीं दिवालिया सौदागरों की लड़कियाँ थीं।

बड़े-बड़े सौदागरों से लेन-देन शुरु करने के बाद वह घी और गोश्त खाने पर पड़ा। हरेक रात को अपने कर्जदार बायों के घर जाकर अच्छे गोश्त वाला पलाव, मुर्गे की बिरियानी, मेमने की बिरियानी, गिजा, तुश्वा और मन्तू जैसे सुन्दर भोजनों को जितना मिलता, खाता। इस खाने के कारण उसका पेट बड़ा होने लगा और लोगों ने उसके नाम के साथ इश्कम जोड़कर "कारी इस्मत इश्कम" कहना शुरू किया। बढ़िया-बढ़िया भोजन वह हद से ज्यादा खाता, लेकिन उससे भी उसकी तृप्ति न होती। इसलिये लोग उसे "कारी इस्मत इश्कम्बा" कहने लगे। इसके बाद लम्बे नाम को छोटा करके कारी इश्कम्बा कहना शुरू किया।

X   X   X

जिस वक्त मेरा कारी इश्कम्बा के साथ परिचय हुआ, उस वक्त लोग कहते थे कि उसके पास पाँच सौ हजार तंगा अर्थात 75 हजार रूबल हैं। जो पैसा बायों के कर्ज देने से बचता, उसे वह बैंक में रखता।

इसी बीच में एक ऐसी घटना घटी, जिससे डर होने लगा कि शायद बैंकों पर से उसका विश्वास उठ जाये। घटना इस तरह घटी : बुखारा में अपनी शाखा रखने वाले बैंकों में एक का नाम रुश्की खिताइस्की बैंक (रूसी चीनी बैंक) था, जिसमें कारी इश्कम्बा ने अपना पैसा रखा था। इस बैंक की इमारत उसी गली में थी, जो कि बज्जाजी सड़क के अन्त से शुरू होकर सर्राफों के हम्माम के सामने से तंग कूचा में टेढ़ी-मेढ़ी होती यहूदियों के मुहल्ले में जाकर पुश्तीजगान के ऊपर से दरवाजा सल्लाहखाना में पहुँचती थी। एक दिन निश्चित कामों के बाद बैंक का दरवाजा ठीक समय पर बंद हुआ। दरवाजे के पीछे एक बन्दूकधारी दरबान खड़ा था। बैंक में काम के लिये आये लोगों को काम खतम होने पर दरवाजा खोलकर एक-एक करके बाहर करता और बाहर आये हुओं को यह कह भीतर आने नहीं देता था कि बैंक बन्द हो गया। सभी कारबारी बैंक से निकलकर चले गये और बैंक के भीतर केवल उसके नौकर रह गये। इसी समय यूरोपीय पोशाक पहिने हुए 10-12 अपरिचित आदमी गली में आये और बैंक की इमारत की दीवार के साथ इस तरह चिपक कर पाँति से खड़े हो गये थे कि अगर दरबान दरवाजा खोलता तो उसकी नजर उन पर पड़ती। उनमें से एक ने जो कि पांति के सिरे पर था, दरवाजे के सामने जाकर टकटकाया। दरबान दरवाजा आधा खोलकर टकटक के जवाब में बोला :

–दो बज गया, अब बैंक कहाँ...दरबान अपनी बात को अभी समाप्त कर पाया था, कि अपरिचित आदमी ने जबरदस्ती उसे पटक कर उसके हाथ से बन्दूक छीन ली और दूसरे अपरिचित आदमियों ने भी हमला करके एक ने दरवाजा बन्द किया और दूसरे ने दरबान के ऊपर तमंचा तानकर कहा :

–मुँह से आवाज न निकालना।

बेचारा दरबान चुप हो गया। अपरिचितों में से कुछ ने उसके मुँह-हाथ-पैर को बाँधकर जमीन पर पटक दिया। उन अपरिचितों में से एक ने दरबान के कपड़े को पहन उसकी बन्दूक को हाथ में ले, उसी की तरह दरवाजे पर पहरा देना शुरू किया। दूसरे अपने तमंचों को हाथ में लिये बैंक के आफिस के भीतर चले गये और बोले :

–अपने हाथों को ऊपर कीजिये।

हथियारबन्द आदमियों की ओर से इस आवाज को सुनकर बैंक के कर्मचारियों ने लाचार हो अपने हाथों को ऊपर उठा लिया। उनमें से कुछ हाथ उठाने की शक्ति खोकर कुर्सी से फर्श पर गिर पड़े। अपरिचितों में से कुछ ने अपने तमंचों को दागने की तैयारी करते कर्मचारियों को आवाज न निकालने के लिये हुक्म दिया। दूसरों ने अपनी बगल में पट्टी और रुमाल निकालकर उनके हाथ-पैर और मुँह को मजबूती से बाँधकर जमीन पर गिरा दिया। टेलीफोन के तार को भी उन्होंने काट दिया। इसके बाद खजाने को खोलकर नगद पैसा तथा मूल्यवान कागजों को वह बैंक के तोड़ों में भरने लगे। एक बार फिर बैंक के कर्मचारियों को मुँह से आवाज न निकालने तथा न हिलने-डुलने का हुक्म देकर वह दो तमंचे वालों को उनके ऊपर पहरा रख नीचे उतर गये।

जो आदमी दरबान की जगह दरवाजे पर पहरा दे रहा था, उसने दरवाजा खोल कर उन्हें बाहर किया और स्वयं उसी तरह दरबानी करते खड़ा रहा।

1 घंटे बाद ऊपर के "कराउल" (पहरेदार) और दरवाजे के "कराउल" भी दरवाजे से निकलकर बैंक के लोहे के दरवाजे में बाहर से ताला बन्द कर चले गये।

बैंक के कर्मचारी हाथ-पैर-मुँह से बंधे कुछ मिनट चिल्लाते रहे।

लोग जमा हो गये। मीरशब (कोतवाल) के आदमी, कुशवेगी के नौकर, काजीकलाँ के मुलाजिम और नगर के रईस भी खबर पाकर वहाँ गये। हाकिम (मजिस्ट्रेट) के आदमी ताला तोड़कर भीतर गये, और कर्मचारियों से डाकुओं के

बारे में पूछकर उनकी तलाश में लगे। बहुत कोशिश की, लेकिन कोई उनके हाथ नहीं आया।

कुशबेगी ने शहर के चारों तरफ डाकुओं का पता लगाने के लिये अमीर के सवार फौजों–जिनको कफ-काज कहते थे–को पता लगाने के लिये भेजा। इन्होंने भी चारों तरफ घोड़ा दौड़ाया। उनमें से एक दल शहर से उत्तर-पूरब की ओर शूरकुल (नहर) के किनारे निर्जन मैदान में पहुँचे। फौज की सारी ताकत चारों तरफ लगी, लेकिन डाकुओं का कहीं पता नहीं मिला। "कफकाजों" की एक छोटी-सी जमात ने बुखारा से दक्षिण मुरगक रेलवे स्टेशन के नजदीक 3 अपरिचित आदमियों को पाया और चाहा कि उन्हें गिरफ्तार करें, लेकिन उन्होंने बन्दूक और तमंचा निकालकर सैनिकों के ऊपर दागना शुरु किया। कुछ मिनट तक दोनों के बीच गोली चलती रही। अमीर के सैनिकों में से एक गिर पड़ा और दूसरे अपरिचित आदमियों को गिरफ्तार करने की हिम्मत न कर पीछे लौट गये।

अन्त में डाकू हाथ नहीं आये और न यही मालूम हो सका कि वह कौन थे। सच या झूठ, कुछ लोग कहते थे कि वे अपरिचित आदमी डाकू नहीं, बल्कि क्रान्तिकारी थे, जिन्होंने बैंक का पैसा लूटकर क्रान्ति के काम में खर्च किया।

बात सच हो या झूठ, लेकिन लोगों ने कारी इश्कम्बा को "अब तुम्हारा बैंक में रखा पैसा डूब गया" कह कर बहुत डराया। उसे भी अपने पैसे की अधिक आशा नहीं थी, जिसके कारण उसकी शकल-सूरत पागलों-जैसी दिखलाई देने लगी। जैसे ही बैंक खुला, वह अपना पैसा लेने के लिये गया और बैंक ने बिना कुछ पूछ-ताछ किये तुरन्त उसके पैसे को दे दिया। इस बात से कारी इश्कम्बा के मन में बैंकों के प्रति पहिले से भी अधिक विश्वास हो गया और उसने उसी दिन अपने पैसे को फिर उसी बैंक में जमा कर दिया। उसके बाद जो भी अधिक पैसा उसके हाथ में आता, उसे वह बैंक में ले जाकर रख देता। बैंक का दरवाजा बन्द होने पर और दिन के समाप्त हो जाने पर अगर रात को पैसा आता, तो वह बड़ी चिन्ता में पड़ जाता। एक तरफ यह पैसा बेकार होकर बिना सूद सबेरे तक पड़ा रहता और दूसरी तरफ चोरों का डर था, इसलिये उस पैसे को रखने के लिये ऐसी जगह की जरूरत थी जिसे कोई न जान सके।

मैं धीरे-धीरे जान गया कि वह सबके ऊपर सन्देह करता है और समझता है कि सभी उसके पैसे के पीछे पड़े हैं, मौका पाते ही उसके हाथ से पैसा छीन लेंगे। उसका

विश्वास केवल कफकाज सराय के सरायबान के ऊपर था, केवल वही जानता कि कारी इश्कम्बा अपने पैसों को बैंक के बन्द होने पर कहाँ छिपाकर रखता है। सरायबान के प्रति उसका विश्वास कैसे हुआ, इसका इतिहास भी बड़ा विचित्र है :

एक दिन बाहर निकलकर कारी इश्कम्बा के खड़े होने पर सराय कफकाज से सरायबान ने मजाक के तौर पर एक तंगा (15 कौपेक) अपनी जेब से निकाल कर सराय के रास्ते पर फेंक दिया, उसके बाद उसे आवाज देकर तंगा की ओर इशारा करते हुए कहा :

—कारी घचा, यह पैसा आपकी जेब से तो नहीं गिरा?

कारी इश्कम्बा ने मानो किसी बड़ी भारी चीज को खोकर पाया हो, "कहाँ है, कहाँ है ?" कहते लौटकर तंगा को जमीन से उठाकर बोला :

—अभी मुझे ख़याल हो रहा था कि मेरी यह जेब फट गई है और पैसा गिर गया है। जो भी हो, तेरी भलमनसी से वह मिल गया—यह कहकर जल्दी-जल्दी तंगा को उठा उसी खीसे में डाल दिया, जिसके फटे होने के बारे में उसने सरायबान से कहा था। इसके बाद उसने कहा :

—अल्लाह बरकत दे ऊका! अगर तेरी जगह कोई दूसरा होता तो मेरा यह पैसा हराम हो जाता। जो भी हो, इस जमाने में भी ऐसे आदमी हैं जो ईमान रखते हैं।

इस प्रकार सरायबान के प्रति उसको विश्वास हो गया। अगर रात को भी कहीं से पैसा लेना जरुरी होता, तो सरायबान को अपने साथ ले जाता और इस प्रकार सरायबान पैसा रखने की छिपी जगह को जान गया, उसके रहस्य से परिचित हो गया। लेकिन एक ऐसी घटना घटी, जिससे सरायबान पर भी उसका विश्वास खतम हो गया। इसके बाद कारी के कथनानुसार दुनिया में ऐसे सच्चे आदमी हैं ही नहीं जो दूसरे के हक को छीनने से परहेज करें।

X   X   X

एक दिन बुखारा के सेसूई (तिनतरफा) रास्ते से मैं जा रहा था। एक छोटी सराय के दरवाजे पर बहुत से आदमियों को जमा हुआ देखा।

"क्या बात है?" कहते मैं लोगों के भीतर से होकर छोटी सराय के दरवाजे पर पहुँचा, लेकिन सरायबान लोगों को सराय के भीतर नहीं जाने देता था। जो कोई भी पास आता, वह अपने डंडे को खड़ा करके रास्ता रोक देता। सराय के भीतर

मीरशब (कोतवाल) और दहबाशी के आदमी दिखाई पड़ रहे थे। वह एक-दूसरे से बड़ी गरमा-गरम बातचीत कर रहे थे। उनके बीच में कारी इश्कम्बा चिल्लाकर फरियाद कर रहा था–''हाय मेरा घर जल गया'' और अपनी दाढ़ी और मुँह को नोच रहा था।

पूछताछ के बाद मालूम हुआ कि उस रात को कारी इश्कम्बा की कोठरी की छत–जो कि उसी सराय के भीतर थी–में किसी ने सुराख करके उसकी सन्दूक रात को तोड़कर छिपाकर रखे हुए सारे पैसे को उठा ले गया। कारी के कहने के अनुसार उस रात वहाँ पर 10 हजार चाँदी के तंग रखे हुए थे, जिसका हिसाब उसी सोने के रूबल में करने पर 1500 सौ होता।

मरीशब के आदमियों ने कोठे के ऊपर तीन आदमियों के पैरों का पता लगाया, जो कि सराय कफकाज की छत पर से छोटी सराय के छत पर होते कारी इश्कम्बा की कोठरी की कृत पर गये थे, और वहाँ से फिर लौटकर सराय कफकाज की छत से होते उस सीढ़ी तक पहुँचे थे, जिसका दरवाजा हमेशा बन्द रहता था, और जिसकी कुंजी वहाँ के सरायबान के हाथ में रहती थी। इस सबूत से मीरशब के आदमी तथा सभी तमाशबीनों ने कहा इस चोर सरायबान से खबरदार रहना, वही इस सारे काम का सरदार है। कारी इश्कम्बा इन दलीलों के अतिरिक्त एक और भी तर्क देते हुए कह रहा था :

–इस जगह पैसा रखने के बारे में सराय कफकाज के सरायबान को छोड़ किसी को पता नहीं, खास करके आज की रात को तो जब मैंने इस रकम को लाकर रखा, वह मेरे साथ था।

कारी इश्कम्बा बाल और मुँह नोचते कुश्बेगी और काजीकलाँ के पास दौड़ा गया, और उनके शागिर्द-पेशों (चपरासियों) और मुलाजिमों को लिये सराय कफकाज के सरायबान के ऊपर अचानक बाल के तौर पर आ पहुँचा। सरायबान ने बिना घबराहट या गुस्सा दिखलाये हाकिम के आदमियों के सामने कफकाज मैर्कुरी यातायात कम्पनी का आदमी होने का विश्वास दिलाते हुए सारी कहानी कही। कम्पनी के कर्मचारी ने हाकिम के आदमियों से कहा :

–पहिले तो बात यह है, कि मेरा सरावबान चोर नहीं है, क्योंकि मैंने सारी सराय और उसके भीतर के तीजास्ती माल को इसके ऊपर छोड़ रखा है। दूसरे वह रूसी प्रजा

है, इसलिये तुम्हें हक नहीं कि किसी रूसी प्रजा को जबर्दस्ती पकड़ कर ले जाओ। आप लोग जनाब कुश्बेगी (सेनापति) और काजीकलाँ (महान्यायाधीश) के पास मेरी बात को उन जनाबों की सेवा में निवेदन कीजिये, मेरा सलाम उनके पास पहुँचाइये।

सरायबान बुखारा का असली बाशिन्दा था। उस दिन मालूम हुआ कि बुखारा के और कितने ही आदमियों की तरह सहायता लेने के लिये उस दिन वह, रूसी प्रजा हो गया। इसी तरह यह झगड़ा, यह जंजाल खतम हो गया और कारी इश्कम्बा की हालत पर उसके दोस्त और दुश्मन हँसते थे।

कारी देर तक जो कोई भी आदमी मिलता, चाहे तीसरी बार भी होता, इस सारी घटना को दोहराता, और सरायबान, कुश्बेगी, काजीकलाँ, उनके आदमियों तथा कम्पनी के कर्मचारी को बद्दुआ देता, फिर अन्त में अपने को गाली देता, कि मैंने क्यों सरायबान को अपना भेद जानने दिया। वह कहता था : "आदमी को विशेषकर पैसे के बारे में अपने पर भी विश्वास नहीं करना चाहिये, बाहरी आदमियों की तो बात ही क्या।" उसने प्रतिज्ञा की कि इसके बाद मैं अपने पर भी विश्वास नहीं करूँगा।

11

एक और घटना घटी, जिसने सरायबान की चोट को कारी इश्कम्बा के दिल से भुलवा दिया। एक दिन अब्दुल्ला नाम मिर्जा सन्दूकदार, जो कि किसी बाय का खजांची था, कारी इश्कम्बा से सौ हजार तंगा (15 हजार रूबल) कर्ज लेने के बारे में पूछा और वादा किया कि हम इस रकम को प्रति मास दो हजार तंगा फायदा (सूद) देंगे, फिर मूल को सूद के साथ लौटा देंगे।

कारी इश्कम्बा को यह बात सुनकर इतनी प्रसन्नता हुई कि वह फूला नहीं समाता था, उसका पेट पहिले से दुगना हो गया था। वह पैसा ले आने के लिए बैंक की ओर दौड़ा, रास्ते में लोगों की ओर निगाह भी नहीं करता, न उनके सलाम का जवाब देता, यहाँ तक कि दूकानों में तैयार चाय-रोटी पर भी आँख नहीं डालता था। खुशी के मारे उसकी साँस इतनी रुक गई थी कि वह तेजी से चल नहीं सकता था तो भी जैसे-तैसे

वह बैंक पहुँचा और पैसा लेकर फिर जल्दी-जल्दी लौट कर पैसे को मिर्जा के सामने रखते हुए साँस लेकर बोला :

—प-प-प-पैसा-ग-ग-गिन कर ले-ले-ले जाइये, औ-और रसीद दीजिये।

कारी के इतना खुश होने का कारण यह था कि इस लेन-देन से दो महीने में जितना सूद मिलता; उतना बैंक से एक साल में मिलता।

मिर्जा अब्दुल्ला ने पैसे को गिना, वह 96 हजार तंगा था। उसने कारी इश्कम्बा से कहा :

—यह कम क्यों है?

—क्यों? दो महीने का सूद मिलाने पर क्या यह सौ हजार (1 लाख तंगा) नहीं होता? आप सौ हजार तंगा का कागज दीजिये, बस काम खतम।

—नहीं–मिर्जा अब्दुल्ला ने दृढ़तापूर्वक कहा–आप मुझे धोखा नहीं दे सकते। मैंने सौ हजार तंगा पर महीने में दो हजार तंगा सूद देने का वादा किया, इसलिये दो महीने के समय के लिये एक सौ चार हजार तंगा का कागज लिखकर तैयार किया, और आप चाहते हैं कि 96 हजार पर हर महीने दो हजार तंगा सूद लेवें, आपका यह खेल मेरे साथ नहीं चल सकता। अगर लेन-देन करना चाहते हैं, तो चार हजार तंगा और लाइये, दस्तावेज ले जाइये–कहते मिर्जा ने एक सौ चार हजार के दस्तावेज को दिखाते हुए फिर कहा–अगर नहीं चाहते, तो अपने पैसे को ले जाइये, मुझे इससे काम नहीं।

कारी इश्कम्बा यह जवाब सुनकर पहिले से भी जल्दी-जल्दी बैंक की ओर गया और चार हजार तंगा लेकर उसे भी मिर्जा के सामने रखकर बोला।

—इसे भी गिन लीजिये, और दस्तावेज दीजिये।

—यह पैसा कैसा, और दस्तावेज कैसा? मुझे नहीं समझा में आता–मिर्जा ने आश्चर्य से कहा।

—मजाक न करें–कारी इश्कम्बा ने कहा–यह मजाक करने का समय नहीं है। दौड़ते-दौड़ते मेरी जान निकल गई। चाय मँगाइये कि पीकर जरा मेरी जान में जान आये।

—इस वक्त मुझे काम बहुत है, चाय मँगाने और चाय पीने की मुझे फुर्सत नहीं है, जाओ कारी चचा–मिर्जा ने कहा।

—आखिर दस्तावेज तो दीजिये, कि मैं जाऊँ।

- कैसा दस्तावेज? अपने इस पैसे को उठाइये, मुझे जरुरत नहीं है। न मैं पैसा लूँगा, न दस्तावेज दूँगा।

—कौन-सा 96 हजार तंगा? सपना तो नहीं देख रहे हैं? कारी तुम पागल तो नहीं हो गये?

—क्या, अभी 96 हजार तंगा गिन कर नहीं लिया और नहीं कहा कि चार हजार और ले आओ, तो दस्तावेज दूँगा?

—मजाक मत करो कारी चचा। मेरे पास बात करने की छुट्टी नहीं है, जाओ, जिससे मैं अपना काम करूँ।

—तुम मजाक कर रहे हो?

—मजाक भी हो, किन्तु मेरा दिल बहुत परेशान है। जल्दी दस्तावेज दीजिये, या मेरे पैसे को लौटाइये।

—इतना पागलपन बस है। कारी, जल्दी जाओ, मेरे बहुत से जरूरी काम है- कहते हुए मिर्जा ने अपनी जगह से खड़ा ही उसे दरवाजा की तरफ धक्का देकर फिर कहा :

—पागलों की जगह खूजों-ईशाना (गुरुओं) के घर में है, तिजारतखाना उनकी जगह नहीं है।

कारी "हाय, मेरा घर जल गया" कहते चिल्लाने लगा, और हाथों को पकड़ कर बच्चों की तरह चिल्लाकर रोने लगा। मिर्जा ने अपने नौकरों को आवाज दी और उन्हें हुक्म दिया कि इस दीवाने को यहाँ से बाहर करो। उसके खिदमतगार उसे बाहर करना चाहते थे लेकिन कारी बाहर नहीं जाना चाहता था। उन्होंने उसे धक्का दिया और वह खुद जमीन पर पड़कर फरियाद करने लगा :

—मेरा प्राण यहीं रहेगा। मैं कैसे जाऊँ? क्या बेप्राण का शरीर चल सकता है?

खिदमतगारों को भी विश्वास हो गया कि वह पागल है और उसके हाथ-पैरों को पकड़कर मुर्दे की तरह केवल मिर्जा के सामने से ही नहीं, बल्कि सराय के दरवाजे से भी बाहर करके उन्होंने सरायबान को कह दिया कि इसे फिर भीतर आने न देना।

कारी इश्कम्बा मालिक द्वारा घर से बाहर निकाल दिये हुए कुत्ते की तरह चिल्लाता लौटकर सराय के भीतर घुसना चाहता था, लेकिन सरायबान ने बिल्ली को जैसे शेर फेंक देता है, वैसे ही उसे कूचे की तरफ फेंक दिया। कारी इश्कम्बा सराय के भीतर आने नहीं पाता था, फिर अपनी पगड़ी को सिर से खोलकर गरदन

में लगा–“यह क्या बेइन्साफी है? मुसलमान बिलकुल लुट गया, हाय इंसाफ” कहते अमीर के अर्क (गढ़) की ओर दौड़ा। उसे जो कोई भी इस हालत में रास्ते में देख रहा था, उसे उसके पागल होने में कोई सन्देह नहीं मालूम होता था।

उस समय अमीर (राजा) रूस गया हुआ था और अर्क के दरवाजे पर काजीकलाँ (महान्यायाधीश) और कुश्बेगी (सेनापति) बैठे हुए राज्य के विभागों और शहर के मामूलों को देख रहे थे।

कारी इश्कम्बा सीधे उनके सामने जाकर जमीन पर गिर पड़ा और रो-रो कर सारी कहानी सुना के उनसे प्रार्थना की, कि लोगों के माल उड़ाने वाले मिर्जा से मेरे हक को लेकर मुझे दिलाया जाय। उसने यह भी कहा :

–मेरे लड़का नहीं है, न दूसरा कोई दायभागी है। केवल दो बीबियाँ हैं, अगर वह मेरे मरने तक जिन्दा रहेंगी, तो एक-चौथाई हक उन्हें मिलेगा, बाकी सब माल बादशाही होगा। यदि आप चाहें, तो मैं अपनी बीबियों को भी तलाक दे दूँगा, तब मेरे मरने के बाद मेरा सारा धन बादशाह का होगा। इसलिये आप शरअ शरीफ (पवित्र धर्म) के हाकिम और जनाबआली (अमीर बुखारा) के नायक मेरे पैसे को जनाबआली पैसा जानकर, उस काफिर से लेकर दें, और मेरा आशीर्वाद लें।

लेकिन हाकिम कारी इश्कम्बा की इस बात को सुनकर सिर्फ हँसते भर रहे। चूँकि मिर्जा के मालिक की इज्जत अमीरी हुकूमत के सामने कारी की इज्जत से ज्यादा थी, इसलिये उसकी प्रार्थना को उन्होंने न सुना और सिर्फ यही कहा : –तुम्हारा जंजाल कोई ऐसा जंजाल (मुकद्दमा) नहीं है, जिसके बारे में हम पूछताछ करें। तुम्हारे अपने कारवाँबाशी (सार्थवाह) अकसक्काल (मुखिया) है, अपने बीच के हरेक मुकद्दमे को उनके सामने रखो। हम क्यों कारवाँबाशी अकसक्काल की गवाही के बिना कागज पत्र देख एक इज्जतदार आदमी को तकलीफ दें।

उसके बाद कारी इश्कम्बा फरियाद करते पागलपन करने लगा, उसे जसावुलों (सिपाहियों) ने मार-मार के अर्क से बाहर कर दिया।

कारी इश्कम्बा सचमुच ही बिलकुल पागल हो गया और अर्क से बाहर आने पर जिस किसी से मुलाकात होती, चाहे वह परिचित होते या अपरिचित, उसके सामने सारी घटना कहके उससे सलाह पूछता। सुननेवाले उसे तसल्ली देते हुए कहते :

–खैर, कारी चचा, कोई हर्ज नहीं। वस्तुतः तुम्हारा पैसा मुर्दार (हराम) था, कहावत है "गन्दा पानी खन्हक में।" वह अपनी जगह चला गया। लोगों की इस सलाह को सुनकर उसका दर्द दुगना हो जाता, वह "जले के ऊपर नमकीन पानी" सा पड़ता। वह हाय-तोबा करता और सुनने वालों को गाली देकर दूसरे सुनने वालों की तलाश में आगे चलता, लोग हँसते।

इसी समय एक दिन कारी दशकम्बा रास्ते में मुझे मिला। रास्ते में उसने मुझे पकड़ कर सारी कहानी सुनाई और मुझसे सलाह पूछी। मैंने उसकी कहानी इससे पहिले भी पूरी सुन ली थी, लेकिन इस वक्त अनजान बनकर फिर सुनता रहा। मैंने अफसोस कर सलाह के तौर पर उससे कहा :

–ऐसे बड़े काम' और 'कड़ी आफत' में क्या सलाह दे सकता हूँ? तुम जाकर हाकिमों और बड़ों से सलाह पूछो।

–एय, बड़ों के बाप के ऊपर लानत, बड़ों का घर जले, बड़ों को लेकर क्या करना, जो कि मेरी एक भी प्रार्थना नहीं सुनते–कहते हुए उसने बड़ों को गाली और शाप देना शुरु किया।

कारी इश्कम्बा की इस हालत को देखकर मेरे मन में एकाएक दहबाशी (10 सिपाहियों के अफसर) की बीबी की कहानी याद आ गई।

12

बुखारा में गावकुशां (गोघातकों) की सड़क पर खूजा मस्जिद के सामने नदी के किनारे एक बड़ी सड़क पर भिखमंगे और गरीब बैठा करते थे। इन्हीं की पाँती में एक समय "बीबी दहबाशी" नाम की एक पागल औरत दिखाई पड़ी। बच्चों की आदत है पागलों को परेशान करना। वह बीबी दहबाशी से भी जाकर चिपके, और उसके सिर और मुँह पर धूल, उसके जूते और चद्दर को लेकर भाग गये, उसकी ओढ़नी को सिर से छीन कर नदी के पानी में डाल आये।

बीबी दहबाशी बच्चों के इस आक्रमण के सामने चुप नहीं बैठी रही। उन्हें ढेला मारने लगी और गाली तथा शाप देने लगी।

एक दिन कुशेमान पुल के ऊपर मस्जिद खूजा के सामने सूरज को आगे किये हुए मैं बैठा था। इसी समय बच्चे बीबी दहबाशी के पास जमा हुए और उसे तकलीफ देने लगे। वह बच्चों के झुंड में खड़ी थी। अपने अँचरे में उसने ढेला-पत्थर भर लिये थे। उसमें से कुछ बच्चों की ओर फेंक रही थी। इसी समय कुछ दूसरे लड़के पीठ की तरफ से आकर उसके कपड़े को खींचकर पीठ के बल गिरा दिया। वह अपनी जगह से उठकर बच्चों की ओर दौड़ना चाहती थी, इसी समय पीठ की तरफ से दूसरे बच्चे आ पहुँचे। अन्त में "बीबी दहबाशी" हैरान हो गई, और अपने दामन में पत्थर-ढेलों से भरकर मस्जिद की दीवार के सहारे बैठी बच्चों को बद्दुआ देती नजदीक आने वालों को ढेला मारती।

इसी समय बुखारा के कुछ बड़े बाय (सेठ) बड़े-बड़े मुल्लों के साथ उस रास्ते से पाचाकूलहाजी सड़क की तरफ से– अर्थात् पश्चिम की ओर से आये। शायद वह किसी बड़े भोज से आ रहे थे, क्योंकि अच्छी कीमती पोशाक उनके शरीर पर थी। उनमें से हरेक के शरीर पर फूलदार साटन, या करसी की शाही और हिसार जहकलाँ या अस्तरशाही जैसे कीमती कपड़ों के जामे थे, उनके सिरों पर मिश्काली पगड़ी, फरंगी कुला, किमखाब और कुंदल के कुलाह, पैरों में जूता या अमेरिकी बूट थे।

शायद लोगों को दिखलाने के लिए सभी अपने जामे को कुछ ऊपर समेट कर रास्ते जा रहे थे–आने-जाने वाले देखते थे कि उनके जामे का अस्तरशाही कपड़े का है। वह सोने या चाँदी की दंतखुदनी से दाँत खोदते हुए बड़े आबोताब के साथ धीरे-धीरे बात करते हुए कदम रख रहे थे। बच्चों के मारे परेशान "बीबी दहबाशी" उनके खिलाफ बड़ों से प्रार्थना करने लगी :

–बड़े लोगों, तुम्हारी पनाह माँगती हूँ, अपने बच्चों को पकड़ो ; बड़ो, अपने बच्चों को भोज में ले जाओ; बड़े लोगों, यह जामे और पगड़ियाँ खुदा तुम्हें नसीब करें; बड़े लोगों, तुम्हारा धन और पैसा अच्छे कामों में खरच हो; बड़े लोगों, मुझे इन बच्चों के हाथ से छुड़ाओ।

एक पागल की, सो भी औरत की, बात को कान में आने देना या उसकी तरफ निगाह भी डालना बड़े लोगों की शानन, इज्जत और तबके के खिलाफ है, इसलिये

उसकी फरियाद और पुकार को न सुनकर वह उसी तरह तड़क-भड़क के साथ अपने रास्ते चलते गये। बीबी दहबाशी ने देखा कि यहाँ से उसका कोई मतलब पूरा नहीं हो रहा है, वह उसकी तरफ निगाह भी नहीं कर रहे हैं, फिर उसने बच्चों को छोड़कर बड़ों को गाली और शाप देना शुरु किया: –हाँ, बड़ो, तुम्हारे मोटे बढ़िया जामों को फलाँ करूँ, अल्ला तुम्हारे जामों को कफन बनाये। बड़ो, तुम्हारे पैसे और धन को चोर ले जायें, बटमार ले जायें।

बड़े "बीबी दहबाशी" की इस तरह की शाप और गालियों को भी अनसुनी करके उसी तरह नहीं चले जा सकते थे। अगर वह ऐसा करना भी चाहते, तो भी दूसरों ने उसे सुन और देख लिया था : एक पागल औरत ने शहर के बड़ों की इज्जत बरबाद कर दी थी। लेकिन बड़े एक पागल औरत को कर क्या सकते थे?

जो काम उनके हाथ से हुआ, वह यही हुआ कि वह अपनी इज्जत और सम्मान की एक ओर रख, अपने बड़े जामों को बच्चों द्वारा पीछा किये जाते पागल की तरह भाग निकले। उन्होंने चाहा कि दौड़कर जल्दी से जल्दी आँखों से ओझल हो जायें, जिसमें कम ही लोग जान पायें कि "बीबी दहबाशी" उनके सिर और कपड़ों पर धूल-मिट्टी फेंक रही है। लेकिन "बीबी दहबाशी" की जबान पर कई दिनों तक बड़ों के लिये गाली जारी रही। जब तक "बीबी दहबाशी" जिन्दा रही, शहर के बड़े उस रास्ते जाने की हिम्मत नहीं करते थे।

मिर्जा अब्दुल्ला के साथ हुई उस घटना के दो महीने बाद कारी का पागलपन कुछ कम हुआ। अब वह गली में जिस किसी से मुलाकात होती, अपनी आफत और दर्द की कहानी कह, मिर्जा अब्दुल्ला और बड़ों को गाली देने के बाद कहता :

–जो भी हुआ बीत गया, "क्या है जो नहीं बीतता", "आदम की संतान के ऊपर जो कुछ आता है, बीत ही जाता है।"

पागलपन की हालत तो उसकी चली गई, लेकिन उसके शरीर का मांस और चरबी पहिले जैसी नहीं रही। उसकी पीठ खाली हुए थैले की तरह झूली हुई थी। उसका रंग भी इश्कम्बा की रंग की तरह सफेदी मिला खाकी हो गया था।

(प्रथम) विश्वयुद्ध शुरु हुआ। दूसरे सौदागरों और सूदखोरों की तरह कारी इश्कम्बा का भी काम बढ़ा, उसका बाजार गरम हुआ। सौदागर और अढ़तिये एक दिन एक चीज खरीदते, दूसरे दिन दुगने पर बेच देते। वह अपनी पूँजी के लाभ पर ही संतोष न कर सूदखोरों के दरवाजे पर दौड़ते और चाहे जितना सैकड़ा सूद देना पड़ता, पैसा कर्ज पर लेते और कम मिलने वाली जरूरी चीजों को खरीदकर गोदाम भरते। उस समय जो पैसा सौदागरों की जेब को फुलाये रहता, वह कारी इश्कम्बा का था। ऐसी हालत में यह स्वाभाविक ही था कि कारी का भी खीसा और खजाना भरा रहे।

युद्ध के दूसरे साल कारी इश्कम्बा का पेट पहिले से भी बड़ा हो गया। उसके पास 20 लाख रूबल से अधिक हो गया, लेकिन यह सब कुछ होने पर भी वह मिर्जा अब्दुल्ला को भूला नहीं था और हर भोजन के समय–जो कि दिन में कई बार होता था–उसको गाली और शाप देता।

युद्ध के तीसरे वर्ष–1916 ई०–में गरीबों और मजूरों की हालत इतनी खराब हो गई थी, कि उन्हें प्राण बचाने भर की सूखी रोटी भी नहीं मिलती थी। उधर बनिया और सौदागरों के पास इतना पैसा हो गया था, कि अपने माल और पैसे रखने के लिये, पैसे को लगाने के लिये कोई चीज नहीं मिल रही थी। मास्को जाने वाले सौदागर सोने और हीरे का खेल खेलते थे। अब सौदागर और अढ़तिये सूदखोरों के मुँहताज नहीं रह गये। युद्ध के तीसरे साल कारी इश्कम्बा का काम सुस्त हो गया। वह अपने सभी पैसों को बैंक में रखकर कम सूद ले संतोष करने पर मजबूर हुआ।

20 लाख रूबल से ज्यादा पैसा होने से भी बहुत सूद मिलता था, लेकिन इसके कारण वह अपनी बड़ी आशाओं को तोड़कर, भारी सूद की ओर से मुँह मोड़कर अपने को रोक नहीं सकता था। जितना ही उसका पैसा बढ़ता गया था, उसी परिमाण में उसका सूद का लोभ भी बढ़ता गया था। वह चाहता था कि उस पैसे पर पहिले सालों की तरह 20-30 सैकड़ा सूद मिले, लेकिन यह कहाँ होने वाला था।

इसके ऊपर 1916 में भोजन भी उसका पहिले से कम हो गया था। बाय (सेठ) चूँकि उससे अब कर्ज नहीं लेते थे, इसलिये उसे अब थाल पर नहीं बैठने देते थे। जिन

बैंकों में उसका हिसाब था, वह केवल रोज दस बजे उसको मीठी चाय देते थे। अब वह मजबूर हुआ कि किरायेदारों के आश-भोजन और खुद के नाम पर दिये जाने वाले खानों पर और कबरों की दक्षिणा पर सतोष करें।

इन कारणों से 1916 के बाद कारी इश्कम्बा का गोश्त कम होने लगा, रंग पीला पड़ने लगा और पेट भी छोटा होने लगा। उस समय रोज मैं उसे देखता और कमजोर होने का कारण पूछता। वह कहता :

—मैं पहिले हर रात-दिन कई बार कजी, पलाव, मन्तूई चिलाव, तुश्बेरा, मुर्गबिरियान, बराकबाब, बाईमेजान खाता था। अब वह खाने और चीजें नहीं मिलती। जिनके घरों में वह चीजें मिलती थी, बहुत समय से उन जगहों में ओंठ भी मैंने तर नहीं किया। कहावत है "गाय और भेड़ खाने से मोटी होती है।"

थोड़ी देर चुप रह करके उसने फिर करुणाजनक स्वर में कहा :

—खुदा उसका भला करें, खैरियत यही है, कि बैंक मौजूद है। जब भी चाय के वक्त वहाँ मैं पहुँच जाता हूँ, मेरे सामने चीनी के बर्तन को चीनी से भर कर और गिलास में चाय डालकर ला रखते हैं। जब तक गिलास भर नहीं जाता, तब तक उसमें चीनी डालता हूँ, यहाँ तक कि चाय को कुछ गिराकर डालता हूँ, फिर चीनी के पानी हो जाने पर उस पर गर्म चाय डालकर पीता हूँ। अगर एक दिन में तीन गिलास चाय भी पीऊँ, तो भी मैनेजर को बुरा नहीं लगता, बल्कि वह खुश होता है।

—अब तो आपका पैसा भी बहुत ज्यादा हो गया है—मैंने कहा—खुद भी अब तुम बूढ़े हो गये हो, क्या हो जायगा, यदि रात के वक्त अपने पैसे में से मनचाहा भोजन बनवाकर खाओ, और अपने दिल को आराम दो।

मेरे इस प्रश्न के जवाब में उस जमाने में शायरों द्वारा सूदखोर के बारे में बनाये गये इस पद को कहता था :

अगर सूदखोर अपने पैसे की रोटी तोड़े, तो जैसे
संदान की शीशा टूटे, और दाँतों का आताला टूटे।

X   X   X

पीछे ऐसी घटना घटी कि कारी इस्कम्बा का सारा काम खराब हो गया, वह काम बुखारा के धूर्तों की चालाकी से हुआ :

यह धूर्त अगर सुनते कि कारी इश्कम्बा ने अपना पैसा सोयेदियोन्यो बैंक में रखा है, तो उनमें से एक बड़ा अफसोस दिखलाते हुए कारी इश्कम्बा के पास आकर उसके कान में कहता :

—सुना नहीं है कारी चचा, कि सोयेदियोन्यो (संयुक्त) बैंक का काम खराब हो गया है, उसकी बहुत बड़ी रकम जर्मन फौजों के हाथ में पड़ गई है, लोग कह रहे हैं, "आज या कल में दिवाला निकलेगा।" जो भी हो, सावधान रहने की आवश्यकता है।

कारी इश्कम्बा इस खबर को सुनते ही बैंक जाता और वहाँ से अपना पैसा लेकर रुस्की खिताहरकी जैसे और किसी बैंक में रखता।

इसकी खबर भी धूर्तों को मिले बिना नहीं रहती। फिर कुछ समय बाद उनमें से एक कारी के पास आता और जो बात कि पिछले दिनों संयुक्त बैंक के बारे में उसके दोस्त ने कही थी, उसे ही इस बैंक के बारे में कहता। कारी इश्कम्बा फिर घबड़ा कर वहाँ पहुँचता और अपने पैसे को निकाल कर दूसरे बैंक में रखता या फिर उसी सयुक्त बैंक में ले जाकर दाखिल करता। अन्त में उसके दोस्तों ने सलाह दी कि अपने पैसे को बादशाही बैंक में रखो। जब तक इस्पेरातर (जार) की सरकार कायम है, तब तक तुम्हारे पैसे को खतरा नहीं है। उसने इस बात को कबूल नहीं किया, क्योंकि बादशाही बैंक का सूद दूसरे बैंकों से कम था।

अन्त में उसकी आदत से तंग आकर बैंकों ने पैसा रखने से इन्कार कर दिया, इसलिये मजबूर होकर उसने अपने सारे पैसों को ले जाकर बादशाही बैंकों में रखा। बहुत समय नहीं गुजरा, कि बादशाही बैंक के बारे में भी दिवाला निकलने की खबरें उड़ाने लगे। अखबारों में रूसी सेना की हार की जो खबर छपती, उसे दुगना-चौगुना करके धूर्त कारी इश्कम्बा को सुनाते और उसे सलाह देते कि बादशाही बैंक से सावधान रहने की जरूरत है, क्या जाने दिवाला निकले तो खून के हजार कतरों से जमा किया पैसा बरबाद हो जाये। लेकिन अगर बैंक का दिवाला निकला, तो उसके रोकने का रास्ता क्या था? चोरों के डर के मारे वह अपने पैसे को घर या सराय में नहीं रख सकता था, फिर और उपाय ही क्या था।

कारी इश्कम्बा धीरे-धीरे समझने लगा कि धूर्त खबरों को बढ़ा-चढ़ा कर उसको सुनाते हैं। पहिले जिस जगह अखबार सुनाते थे, वहाँ वह पास नहीं फटकता था, और

अब सीधे अखबार खानों में जाकर जंग की खबरों के बारे में पूछता। जो खतरनाक खबरे सुनने को मिलती, उन पर वह विश्वास नहीं करता था। इसलिये जब दूसरे अखबार पढ़ते थे, तो वह बिना कारण ही बहस करने लगता।

धीरे-धीरे हार की खबरे इतनी अधिक आने लगी, कि धूर्तों के मजाक के बिना ही वह भय खाने लगा। कारी ने बादशाही बैंक के मैनेजर के पास जाकर इसके बारे में सलाह पूछा:

—अगर खुदा-न-खास्ता इम्परातर (जार) की सरकार बिलकुल हार जाये, तो हम और तुम क्या काम करेंगे?

मैनेजर ने तसल्ली देते हुए उससे कहा :

—तुर्की, तातरी अखबार, विशेषकर सभी मुसलमान अखबार रूस के दुश्मन हैं। वह झूठी खबरें छापते हैं। तुम बाजार की खबरों तथा इस तरह के अखबार की खबरों पर विश्वास मत करो। रोज हमारे पास आओ, हम रूसी अखबारों को पढ़कर सच्ची खबरों को तर्जुमा करके तुम्हें सुनायेंगे।

इसके बाद चाय पीने से पहिले ही कारी इश्कम्बा रोज बादशाही बैंक के मैनेजर के पास पहुँचता। मैनेजर रूसी अखबारों को पढ़कर उसका तर्जुमा सुनाता।

—खुदा करे, महान् सम्राट की सल्तनत के ऊपर कोई आफत न आवें। दुश्मनों की आँखे अंधी हो, और उसकी जीभ कट जाये—कहते हुए कारी इश्कम्बा मैनेजर के यहाँ से चला जाता और बक के बूफेत (उपाहारगृह) में जाकर चीनी डालकर गिलास में चाय गरम करके पीता।

X   X   X

(1917 की) फरवरी की क्रांति सामने आई। जिन बातों से कारी इश्कम्बा डरता था, वही उसके सिर पर आयी। पादशाह (जार) तख्त से उतार दिया गया। कारी इश्कम्बा ने देखा कि महान् सम्राट् के लिये उसने जो दुआये दी थी, वह बेकार गईं। बैंक के मैनेजर ने भी बादशाह के तख्त से उतारे जाने की बात से इन्कार नहीं किया। लेकिन वह अब भी कारी इश्कम्बा को तसल्ली देते हुए कहता था :

—महान् सम्राट् तख्त से उतार दिये गये, तो भी हरज नहीं। सरकार के उपर जो लोग बैठे हुए हैं, वह सभी हमारे बैंकों के आदमी हैं। वह कभी बैंकों को दिवालिया

नहीं होने देंगे, जिसमें कि तुम्हारे जैसे रूसी सरकार के खैरखाहों का पैसा डूब जाये। इसमें भी अचरज नहीं होगा, यदि बादशाह की जगह उसके चचा महान् राजुल (बेली की कन्याज) गद्दी पर बैठाये जायें।

लेकिन अब कारी इश्कम्बा ऐसी बातों पर पहिले की तरह विश्वास नहीं कर सकता था, क्योंकि उसने सुना था कि यह काम उसी क्रान्ति ने किया है, जिससे कि वह डरता था। उसने सुना था कि रूस में नंगे-भूखे मूजिक (किसान), गाँवों, हवेलियों, जमीन, माल और असबाब बड़े-बड़े जमींदारों से छीन कर अपने हाथ में कर रहे हैं। अचरज नहीं, यदि यह बात गाँवों से शहरों में भी आये। पैत्रीग्राद (लेनिनग्राद) और मस्क्वा जैसे शहरों के नंगे मजूर बादशाही बैंक के केन्द्रीय खजाने को लूट लें। ऐसी हालत में बैंक जरूर दिवालिया हो जायेगा और मेरा पैसा भी डूब जायेगा। फिर वह रोते हुए बोल उठा, "जो तेरे सिर पर आ गया, उससे क्यों डरें।"

ऐसी खबरों के सुनने के बाद अपना खून पीने, तकलीफ झेलने, गोश्त गलाने, अपने पेट को दुबला करने के सिवाय कारी इश्कम्बा के लिये कोई दूसरा रास्ता नहीं था। वह क्या करता? चोरों के डर के मारे पैसों को अपने घर या सराय में ले नहीं जा सकता था, बाय लोग कर्ज नहीं ले रहे थे, अगर अमीर की सरकार को देता, तो वह सीधे खा जाती, अब "चाहे जो हो" कहकर बैंक में रखने के सिवाय और चारा नहीं था।

14

सन् 1917 के तीरमाह (नवंबर) में कारी इश्कम्बा ने सुना कि "बोल्शेविक नाम की कोई सरकार का मुखिया बना है।"

उसने इस नाम को इससे पहिले कभी नहीं सुना था। उसने बादशाही बैंक के मैनेजर से सुना था कि महाराजुल सरकार का स्वामी बनेगा। लेकिन यह नाम उस नाम से क्या अन्तर रखता है, इसे नहीं समझ पाता था, बल्कि अब तक तो वह मैनेजर

के बतलाये नाम ''बेली की कन्याज'' को भी भूल गया था। यह इसका अर्थ समझने के लिये बैंक की ओर दौड़ा और उसके बारे में वह मैनेजर से–जिसे कि वह सच्चा आदमी समझता था–पूछा :

लेकिन तब तक बैंक कर्मचारी खजाने को लेकर कागान (स्टेशन) चले गये थे 3 बजे काम समाप्त हो गया था। वह एक बैंक कर्मचारी से मिला, जो कि पोर्तफल (थैले) को लेकर अपने घर की ओर जा रहा था। वह बैंक अनुवादक था।

अनुवादक बुखारा के धूर्तों में से एक था। कारी इश्कम्बा ने पहिले चाहा कि ऐसे कुलच्छनी से कोई बात न पूछे, क्या जाने वह अपनी झूठी-सच्ची बातों से दिल को काला कर दे। लेकिन फिर उसने सोचा "जब तक बुरा न कहो, भला नहीं आता" अच्छा कहे चाहे बुरी बातें कहें, तो भी हरज नहीं है, मैं बुरी बातों को नहीं ग्रहण करूँगा। शायद उसकी बुरी बातों के बाद अच्छा दिन भी आये।

यही ख़याल करके कारी इश्कम्बा ने अनुवादक तर्जुमान से पूछा :

–कहते हैं, रूसी हकूमत का मुखिया बोल्शेविक हो गया है। यह खबर सच्ची है या झूठी?

–सच्ची है–तर्जुमान ने कहा।

कारी इश्कम्बा ने जरा-सा खुश होकर फिर पूछा :

–क्या वही ''बैल'' अथवा ''बैंक'' अथवा ''बैल्का''...''कन्याज,'' क्या हुआ नाम है उसका, भूल गया। इन्हीं के बारे में मैनेजर ने कहा था कि ''हकूमत के मुखिया बनेंगे?''

–नहीं, तर्जुमान ने लम्बा खींचकर, यह भी कहा :

–बोल्शेविक कन्याजों (राजाओं) की जड़ों तक को खोद देने वाला है। कारी इश्कम्बा ने यह खबर कभी नहीं सुनी थी, इसलिये एकदम घबड़ाकर पूछा :

–अच्छा, मजाक रहने दीजिये। सच बतलाइये कि क्रान्ति से बोल्शेविक अच्छा है न, जिस क्रांति ने कि कुछ महीने पहिले सभी अधिकार वालों को बेअधिकार करके हजरत निकोलाय जैसे एक महान् और उत्तम बादशाह को तख्त से उतार दिया? और क्या वह न खान-पहिन, झूठ-साँच पाँच-छह पैसा वाले हमारे जैसे आदमी पर दया करेगा या नहीं? तर्जुमान फिर थोड़ा सोच करके बात करने लगा :

—वह क्रान्ति जिसके बारे में कि अब तक तुमने सुना है, और जिसकी छाया को बुखारा में खुद देखा, वह बोल्शेविक का बच्चा था। जब बोल्शेविक ने देखा कि उसके बच्चे ने गलती की, उसके काम को आगे नहीं ले जा सका और तुम्हारे जैसे लोग अपने तीस लाख के पैसे पर हर साल डेढ़ लाख रूबल अपने खीसे में रखते हैं, और साधारण लोग भूख से मर रहे हैं, तो बोल्शेविक खुद मैदान में आया और हकूमत को अपने हाथ में ले लिया।

कारी इश्कम्बा का रंग उड़ गया और उसका शरीर काँपने लगा। अपने पैरों पर खड़ा रहने में असमर्थ हो दीवार का सहारा ले अपने मन को विश्वास दिलाते हुए बोला :

—अच्छा, तब तुम्हारा बैंक, जिसमें कि मेरा पैसा है, सही-सलामत तो है न? जब तक जड़ पानी में है, तब तक उमेद है कि कहावत के अनुसार आने वाली मौत से इतना डरते दिन में सौ बार मरते अपने को अजाब देने से क्या फायदा?

"जड़ पानी में नहीं है" तर्जुमान ने ऐसे स्वर में कहा, जिससे कारी इश्कम्बा का दिल डर के मारे फटने-फटने सा हो गया। बोल्शेविक ने पेत्रोग्राह में, मरक्वा और दूसरे बड़े-बड़े शहरों में बैंकों को दखल कर लिया, फैक्टरियों और कारखानों को जब्त कर लिया, गाँवों में बड़े जमींदारों की सभी जमीन उसके सामान और असबाब के साथ गरीब किसानों की संपत्ति है, कह कर कानून बना दिया। ऐसी हालत में जड़ कैसे पानी में रह सकती है। जड़ पानी में नहीं आग में है। जड़ जल ही नहीं गई, बल्कि जल कर राख हो गई। "घर अपनी नींव से बरबाद हो गया" और तुम यह समझ कर खुशी हो रहे हो कि उसकी छत सही-सलामत है।

कारी इश्कम्बा को सन्देह हुआ कि तर्जुमान ने फिर से मजाक शुरू कर दिया और चाहता है कि न आई मौत से मुझे मार डाले। नहीं तो क्या यह कभी मुमकिन है कि "बोल्शेविक नामक एक आदमी" निकल कर इतनी बड़ी सल्तनत और हकूमत को अपनी मिल्कियत बनाकर बैठे। यह सोच कुछ गुस्सा में आकर कारी बोला :

—हट जाओ मेरी नजर के सामने से, कुलच्छनी अल्ला तेरी जबान को काट डाले, कल देखना, तेरे साथ क्या करता हूँ? अगर मैनेजर से कहकर तुझे बैंक से निकलवा न दूँ तो मैं आदमी नहीं।

तर्जुमान मुस्कुराते हुए वहाँ से चल पड़ा और कारी इश्कम्बा उसी तरह मूर्ति बन कर दीवार के सहारे खड़ा रहा।

तर्जुमान के हँसने से वह फिर चिंता में डूब गया। उसे विश्वास हो गया कि कुलच्छनी तर्जुमान ने मजाक किया है। तो भी उसके दिल को शान्ति नहीं मिली। "अगर खुदा न करे, उसकी बात सच्ची उतरे तो मेरी हालत क्या होगी?"–कहकर मन में विचारने लगा। अब यहाँ खड़े रहने से फायदा नहीं था। बैंक बन्द हो गया था और मैनेजर खजाना लेकर कागान चला गया था। आखिर कारी भी अपने घर की ओर चल पड़ा।

वह रास्ते में बड़ी तेजी से कदम बढ़ा रहा था–कहीं किसी और धूर्त से मुलाकात न हो जाय, और वह भी कोई और बुरी खबर सुनाये, दिल को और रंज पहुँचे, जिससे मौत के आने से पहिले ही मर कर अपने प्राणों से भी प्यारे पैसों से जुदा होना पड़े।

X   X   X

उस रात कारी इश्कम्बा को नींद बिलकुल नहीं आई। सबेरे के वक्त समय पर उठकर उसने हाथ-मुँह धोया, कुरान की दो-तीन आयतों का पाठ किया और महान् इम्पेरातर (जार) के लिये दुआ की और फिर से उसे तख्त पर लौटाने के लिये खुदा से बहुत रो-धो कर प्रार्थना की। धूप निकल आई, वह अपने घर से निकल कर मस्जिद मगाद की ओर चला और बामदाद (प्रातः) की नमाज वहाँ पढ़ी। लेकिन मरनवीखानों (मौलाना रूमी की पवित्र पुस्तक के पाठ करने वालों) की मंडली जो हर रोज प्रातः कालीन नमाज के बाद मस्जिद-मगाद के सामने बैठा करती थी, वहाँ न जा मस्जिद से जल्दी निकल कर बादशाही बैंक के दरवाजे पर जाकर पत्थर के चबूतरे पर बैठा। कागाद से बैंक मैनेजर की आने की प्रतीक्षा करने लगा। वह चाहता था जिसमें कि कुलच्छन तर्जुमान की बातों के बारे में उससे पक्की खबर सुने और उससे कहे कि तर्जुमान इस्परातर की सरकार का दुश्मन है, उसे बैंक से निकाल देना चाहिये। आठ बज गया, लेकिन अभी भी कागान से कोई नहीं आया। 9 हुआ, फिर भी किसी का पता नहीं, 10 बजा लेकिन न बैंक के मैनेजर का कोई पता, न कर्मचारियों का। फर्राश (झाड़ूदार) जो कि हर रोज सबेरे ही आकर बैंक के फाटक को खोलकर झाड़-पोंछ करता था, वह भी अभी तक नहीं आया।

कारी इश्कम्बा का दिल काँपने लगा। उसे मालूम होने लगा कि उसकी छाती पर का गोश्त गल गया, और दुबलेपन के कारण चमड़ा हड्डी से चिपक गया। शायद इसी कारण उसका दिल काँप रहा था। वह इतनी जोर से काँप रहा था कि उसे डर लगा कहीं वह सीना से निकलकर बाहर न चला जाय। उसने अपनी छाती को दोनों हाथों से मजबूती से दबाया। लेकिन काँपना कम नहीं हुआ, बल्कि क्षण-क्षण वह और बढ़ता ही जा रहा था।

11 बजा, अब भी कोई नहीं आया। अब वह अपने दिल में कहने लगा– "वहीं कुलच्छन तर्जुमान" ही अगर आता, तो भी अच्छा था। झूठ हो, चाहे मजाक हो, जो कुछ भी हो, एक बात तो बोलता। इस तरह क्षण-क्षण जलने से तो अच्छा यही है कि एक बार ही भस्म हो जाये। लेकिन, वह भी नहीं आ रहा है।

कारी इश्कम्बा का दिल अस्त-व्यस्त और ऊपर-नीचे होने लगा। किसी-किसी समय वह इतना सुस्त हो जाता कि उसकी गति नहीं मालूम होती थी, और दूसरे समय इतना तेज हो जाता कि उसकी आवाज कानों में सुनाई देती। उसके साँस लेने का रास्ता भी छोटा, किसी समय इतना छोटा हो जाता, कि साँस लेना रुक जाता, और इसके कारण जान पड़ता कि वह जमीन पर गिर जायेगा। साँस को जरा दम देने के लिये वह अपनी जगह से उठा, लेकिन उसका सिर चकराने लगा। आँखों के सामने अँधेरा छा गया, और गली में गिरने-गिरने सा हो गया। उसने पीठ के बल खिसक कर दीवार को पकड़ा और अपने को गिरने नहीं दिया। दो-तीन लम्बी साँस ली तो साँस का रास्ता कुछ खुला, कुछ आराम आया। उसने अपनी बगल से घड़ी निकाल कर देखा तो बारह बज गया था। उसे विश्वास नहीं हुआ, "शायद मेरी घड़ी खराब हो गई है" कहते हुए अपने दिल को तसल्ली दे ठीक समय जानने के लिये वहाँ से जाते किसी आदमी से पूछा :

–कितना बजा है?

उस आदमी ने अपने कदम को सुस्त करके घड़ी निकाल कर "बारह" कहते हुए अपना रास्ता पकड़ा।

कारी इश्कम्बा को एक दूसरे ख़याल से तसल्ली हुई "शायद मैनेजर बीमार हो गया हो, या घोड़े से गिरने से पैर टूट गया हो, अथवा फिटन से आ रहा हो।"

—अच्छा—कारी ने अपने आप से कहा—मेरी सारी आशाओं के विरुद्ध यह बात तो पक्की है कि बारह बज गया है, और मैनेजर का कहीं पता नहीं है। मध्याह्न की नमाज और दीवानबेगी खानकाह से जनाजा का वक्त भी आ गया। इस वक्त यहाँ खड़े रहने से कोई फायदा नहीं, बल्कि नुकसान है। क्योंकि खुदाई जनाजा और उसकी दक्षिणा से भी मैं महरूम हो जाऊँगा। चलकर वहाँ न पहुँचना मूर्खों का काम है। यही नुकसान क्या कम है कि आज अपने किरायेदारों के आश को नहीं खा सका।

कारी इशकम्बा इसी ख़याल में डूबा सीमेन्त वाले रास्ते से हौज दीवानबेगी (मंत्री सरोवर) के किनारे-किनारे कदम रखने लगा। वह दो-तीन कदम चलकर फिर खड़ा हो अपने दिल में सोचने लगा : "बड़े रास्ते से चलूँ तो अच्छा है, शायद खानकाह (मठ) के सामने तक पहुँचते-पहुँचते कागान की ओर से आने वाले बैंक के कर्मचारी मिल जायें, उनसे अच्छी खबर सुनकर आराम मिले और मैं खानकाह में जाकर शान्ति के साथ नमाज पढ़ूँ, नमाज पढ़ने में हृदय की शान्ति जरूरी है।

यही ख़याल करके लौटकर दक्खिन ओर से बजाजी सड़क पर आ गया। कागान का रास्ता उधर से आता। वह वहाँ से हौज दीवानबेगी की तरफ नजर डाले चल पड़ा। हरेक कदम पर जो कोई भी कागान की ओर से आता दिखाई पड़ता, उस पर नजर डालता। सड़क घोड़ों, गदहों, ताँगों, फिटने और पैदल जाने वालों से भरी थी। लेकिन उनके बीच में तीन घोड़ों की लम्बी गाड़ी—जिसमें तोड़ों में पैसा रखकर बैंक के कर्मचारी आया करते थे—और ऊपर ढँकी दो घोड़े वाली, दो अमेरिकन घोड़ों वाली मैनेजर की फिटन कहीं नहीं दिखाई पड़ी।

कारी इशकम्बा हौज दीवानबेगी के किनारे पर पहुँचते समय सामने आने वाली अत्तेकरी (दवाइयों) की दुकान तक पहुँचा। वह खड़ा होकर फिर एक बार बाजार की ओर गौर से देखा, लेकिन वह जिसकी तलाश में था, उसका कहीं पता नहीं था। अब छत के नीचे वाला रास्ता आ गया, यहाँ से कीचड़ भरा बड़ा रास्ता शुरु हुआ। यह होते भी कारी इशकम्बा हौज के किनारे-किनारे न जाकर आखिर तक कीचड़ वाले रास्ते पर ही चलता रहा। एक-एक कदम रखने पर उसके बूट में कीचड़ उछलती थी और जब पैर रखता तो बूट के ऊपर भी कीचड़ आ जाती। मजबूर ही कीचड़ भरे बूट को निकाल कर कीचड़ को झाड़ उसे दुबारा पहिना। इसी प्रकार पिच-पिच करता लम्बी

साँस लेता साबुन बाजार के कूचे में पहुँचा, जो कि बाजारे-अलफ (घास बाजार) के नजदीक है, लेकिन उनका कोई पता नहीं था।

वह थोड़ी देर खड़ा रह चारों ओर नजर दौड़ा के निराश हो हौज दीवानबेगी के किनारे से जाने लगा। इसी समय बाजारे-अलफ की ओर दूर एक लम्बी गाड़ी आती दिखाई पड़ी, जिसके कारण सारा रास्ता रुका हुआ था। उसको देखकर मालूम हुआ, खुशी के मारे कहीं कारी इश्कम्बा का प्राण न निकल जाये। इस गाड़ी के घोड़े बैंक की गाड़ी के घोड़ों की भाँति बड़े और काले थे, फरक इतना ही था कि बैंक की गाड़ी में तीन घोड़े लगते थे, और इस गाड़ी में दो थे लेकिन इस फरक से कारी इश्कम्बा की आशा पर कोई प्रभाव नहीं पड़ा। उसने सोचा "शायद एक घोड़ा बीमार या घायल हो गया हो।"

लेकिन वह लम्बी गाड़ी जल्दी नहीं आई, जिसमें कि कारी इश्कम्बा उसके भीतर बैंक के नौकरों को देखता और दिल में संतोष करता। यह दो पहियों वाली ऊँची गाड़ी बुखारा की बोझ ढोने वाली गाड़ियों में से थी, जिनको कि "कालिब कूचा" (गली का शरीर) कहा करते थे, क्योंकि वह सारे रास्ते को छेद कर आने-जाने वालों को रास्ता नहीं देती थी। आमने-सामने से आकर रास्ते को रोके हुए थी और मुँहजोर गाड़ीवान एक-दूसरे के साथ लड़ रहे थे। उनमें से कोई गाड़ी को पीछे हटा कर रास्ता देने के लिए तैयार नहीं था। लम्बी गाड़ी थी–जिसके ऊपर कारी इश्कम्बा की सारी आशायें बँधी हुई थीं–रास्ते में रुकी पड़ी थी। कारी इश्कम्बा ने चाहा, कि स्वयं आगे जाकर जल्दी से खुशखबरी सुने, लेकिन रास्ते का कीचड़ पैदल चलने वालों को रास्ता नहीं दे रही थी।

अन्त में रास्ता निकला। आपस में लड़ने वाले गाड़ीवानों में से एक ने हार मानी और वह अपनी गाड़ी को पीछे की ओर खींचकर कुचा साबुन-फुरोसी की ओर किया। सामने आने वाली गाड़ियाँ एक-एक करके कारी इश्कम्बा के पास से गुजरने लगी, जिनमें दो काले घोड़ों वाली लम्बी गाड़ी भी थी। कारी इश्कम्बा की आशा के विरुद्ध वह बैंक की गाड़ी नहीं थी, और न उस पर तंगा भरे तोड़े और बैंक के नौकर दिखलाई पड़े। उसकी जगह इस गाड़ी में एक मुर्दा था, जिसकी बगल में अस्पताल के नौकर बैठे हुए थे। यह डाक्टरखाना की गाड़ी थी, जिस पर संयोग से बुखारा में मर गये एक यूरोपीय का मुर्दा रखा हुआ था, और शव-परीक्षा के लिये बीमारखाना की ओर

ले जाया जा रहा था। कारी इश्कम्बा इस हालत को देखकर छोटे-बड़ों में प्रसिद्ध कवि जामी के पद्य को यकायक पढ़ना शुरू किया :

"चूँकि मुझ बीमार की आँखें तेरे लिये रो रही हैं, इसलिये जो भी कोई दूर आता दिखाई देता, उसे मैं तुझे समझता हूँ।"

कारी इश्कम्बा बिलकुल निराश हो, हौज दीवानबेगी के किनारे आया और वहाँ से खानकाह के आँगन की ओर गया। खानकाह के भीतर और बाहर सभी जगह नमाज पढ़ने वालों की भीड़ थी। सभी जाय-नमाज (नमाज के आसन) के ऊपर घुटनों के बल बैठे अजान की प्रतीक्षा कर रहे थे। आँगन में दक्खिन की ओर तीन जनाजे रखे हुए थे। इसमें से एक के ऊपर सूफ (कपड़ा), दूसरे के ऊपर कुछ पुरानी रंग उड़ी जरी, और तीसरे के चारों ओर लाल फूलों वाला नया किमखाब पड़ा हुआ था। कारी इश्कम्बा को प्रसन्नता हुई, वह दिल में मनाने लगा–"इलाही, अगर यह तीनों ताबूत एक ही कबरिस्तान में जाते, तो मुझे तीन इर्तिश (कपड़े की दक्षिणा) मिलती और किरायेदारों के आश के न मिलने से जो जगह आज खाली थी, वह भर जाती। यह न हो, तो कम-से-कम दो भी एक कबरिस्तान में जाते, तो मुझे दो इर्तिश मिलती।"

अच्छा, अगर इनमें से हरेक को अलग-अलग कब्रिस्तान में ले जायें तो? यह प्रश्न अपने मन में उठाकर उसके जवाब में सोचते हुए उसने कहा–"ऐसी अवस्था में लाल फूल के किमखाब वाले ताबूत के साथ-साथ जाऊँगा। कफन से मालूम हो रहा है कि इसका मुर्दा जवान और खानदानी बायो (सेठों) का है। जवान मुर्दे के लिये हरेक आदमी का विशेषकर माँ-बाप और भाई-बन्धुओं का दिल बहुत दुखता है और वह अच्छा इर्तिश देता है। बाय लोगों की इर्तिश गरीबों की अपेक्षा बहुत फरक रखती है। यह जवान और बाय दोनों है, इसलिये अवश्य इसका इर्तिश अधिक मूल्यवान् होगी।"

कारी इश्कम्बा के पास जायनमाज नहीं थी, उसने बैठने के लिये दूसरों के पास जायनमाज ढूँढ़नी शुरू की। उसकी नजर एक जायनमाज पर पड़ी, जिसकी एक ओर जगह खाली थी। वह जल्दी से वहाँ जा अजान की प्रतीक्षा में बैठ गया। बहुत देर नहीं हुई कि मुअज्जिन ने मध्याह्न की नमाज के लिये अजान दी। लोग सीधे खड़े होकर नमाज पढ़ने लगे। कारी इश्कम्बा ने भी खड़े होकर दोनों हाथों को अपने दोनों कानों

के बराबर उठाकर नमाज शुरू करनी चाही, इसी समय कोई पीछे की पंक्ति से उसके नजदीक आकर धीमे स्वर में बोला :

—कारी चचा!

कारी इश्कम्बा के हाथ की अँगुलियाँ कान के नग्म मांस से लगी हुई थीं, इसी हालत में वह दाहिनी ओर जिधर से आवाज आ रही थी जरा-सा मुँह फेर थोड़ा झुककर आवाज सुनने लगा।

—सुना है? कहने वाला कह रहा था—बोल्शेविकों ने कागान से सरकार को अपने हाथ में ले बादशाही बैंक पर कब्जा कर लिया, और सारे नोटों, सोने-चाँदी के सिक्कों और दूसरे मूल्यवान् कागजों को जब्त कर लिया।

कारी इश्कम्बा इस खबर को सुनकर—"आह, बोल्शेविक" कहते हुए वह कहने वाले की बात सुनने की मुद्रा में गिर पड़ा।

नमाज पढ़ने वालों ने इस दुर्घटना को महत्त्व नहीं दिया, और इसके लिये अपनी नमाज को नहीं बिगड़ने दिया। नमाज के बाद उन्होंने देखा कि कारी के मुँह से कुछ पीला लिए हुए खून निकल कर पत्थर पर पड़े हैं, उसका चेहरा एक ओर पत्थर की चोट से छिल गया है, और उसके हाथ कान की सीध में लम्बे पड़े हैं।

कारी इश्कम्बा मर गया। सूदखोर मर गया।

नोट्स

नोट्स